我只是一個講鬼古的人 2

潘紹聰 著

【旅遊 ‧ 酒店】

泰國鬼廟靈探 (1)   10

泰國鬼廟靈探 (2)   12

泰國鬼廟靈探 (3)   14

台灣靈探拍攝險出意外   16

馬來西亞遇靈體反救一命   18

泰國祈福團   20

再談台北猛鬼飯店   22

【旅遊 ‧ 酒店】－恐怖電郵

住酒店貪小便宜   26

韓國酒店靈異事件   28

禍從口出   30

賭場酒店的士站奇怪事件   32

凌晨時份東堤小築傳來女人唱歌聲音   34

馬來西亞夜場性感泳衣之夜   36

長洲巧遇黑影靈體   37

【凶宅】

彩雲邨靈異事件   40

【凶宅】－恐怖電郵

華富邨靈異個案   44

元朗圍村 222 門牌村屋   46

自住灝景灣某單位噩運一度纏身 諸事不順   48

【藝人】

伍仲衡罕談鬼古 52

周國豐接詭異電話救一命 54

呂珊錄音室見 3 位不速之客 56

倪詩蓓遇靈異事件 58

徐天佑由撞鬼到身心之路 60

姜文杰製作電視劇撞鬼 62

周殷廷疑遇馬拉女鬼 64

【猛鬼地】

高街鬼屋開放 68

靈異舞台劇堅有鬼 70

舞台劇後台鬼影幢幢 72

流浪狗場好猛鬼 74

旺角商廈有結界？ 76

新娘潭女鬼要返屋企 (1) 78

新娘潭女鬼要返屋企 (2) 80

粉嶺祥華邨外的吊頸樹 82

和合石火車站 84

的士哥屯門公路險死 86

銅鑼灣狐仙真實相片 88

三門仔夜潛之怪事 90

【猛鬼地】– 恐怖電郵

紅衣女子跳樓事件　　　　　　　　　　94

農曆七月十四的結界　　　　　　　　　96

北潭涌散心巧遇靈體　　　　　　　　　98

紅磡區巧遇黑白無常　　　　　　　　　100

壽山村荒廢豪宅怪事重現　　　　　　　102

鬼同你 Talking　　　　　　　　　　　104

百厭鬼惡搞美容院　　　　　　　　　　106

普慶戲院廁所驚現「無腳」紅色繡花鞋　108

七人行驚現八個頭　　　　　　　　　　110

普慶戲院廁所 誤入「異道空間」　　　　111

我只是留一個晚上千萬不要碰我　　　　112

荔景醫院靈異事件　　　　　　　　　　114

中學更衣室曾經是自殺地點　　　　　　115

【冤魂不息】

重遊彭楚盈白骨案現場　　　　　　　　118

花槽藏屍案大廈靈異事件　　　　　　　120

棄屍女冤魂不息　　　　　　　　　　　122

深水埗唐樓腐屍靈　　　　　　　　　　124

張飛顯靈驅鬼　　　　　　　　　　　　126

關公神鬼大戰　　　　　　　　　　　　128

捷運車上驅鬼　　　　　　　　　　　　130

【冤魂不息】- 恐怖電郵

廚房撞鬼事件   134
險被女惡靈索命   136
人有人講 鬼有鬼聽   138
守夜   140
鬼陪你食飯   142

【靈異冷知識】

大樹下原來有隻精靈   146
車有靈性？   148
黃大仙靈籤   150
蒲台島打醮   152
《恐怖熱線》重開   154
三聖邨靈石   156
台灣冥婚   158
中醫特別手法驅鬼   160
精神科醫生有鬼古   162
拜四角講錯說話好大鑊   164
馬來西亞盂蘭節   166
中環卅間盂蘭會點解要打鬼王   168
大坑火龍   170

【靈異冷知識】- 恐怖電郵

預知死亡   174
寵物狗的靈異事件   176
問米阿姑   178
路上遇到神棍   179

【鬼聲魅氣】

坐過紙紮車咁堅？　　　　　　　182

恐怖電郵《有心人》1　　　　　　184

恐怖電郵《有心人》2　　　　　　186

文物館前職員爆有怪事　　　　　188

靈異舞台劇　　　　　　　　　　190

【鬼聲魅氣】－恐怖電郵

示範單位 鬼異鬧鐘　　　　　　　194

靈異女聲事件　　　　　　　　　196

靈異幻覺事件　　　　　　　　　198

靈異雪櫃螢光貼紙事件　　　　　200

與墳同住　　　　　　　　　　　202

拜橋改運　　　　　　　　　　　204

親切問候　　　　　　　　　　　206

「自動」打字機　　　　　　　　208

夢裏的小朋友　　　　　　　　　210

過世親人的關心　　　　　　　　212

爺爺的不捨　　　　　　　　　　214

鬼同你唱 K　　　　　　　　　　216

痴情公公現身盼與老伴落陰間　　218

意外車輛在大霧中消失　　　　　220

貼在我身體的巨大的黑影　　　　222

序言

請掃描 QR code

潘紹聰即可與你直接對話

旅遊・酒店

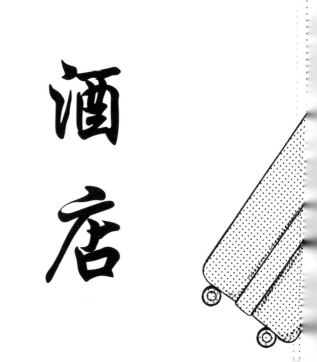

泰國鬼廟靈探（1）

執筆之時，筆者正身處泰國曼谷，帶著十多位團友展開水燈節祈福之旅。每次舉行這類祈福團，筆者也會安排團友在其中一晚參與靈探，今次便選擇了一間距離曼谷兩小時車程的半廢荒廟宇，給予團友感受。

究竟這間廟宇有甚麼特別呢？泰國法科師傅兼隨團領隊 Frankie 說：「其實每次要找靈探景點給團友也不容易，畢竟我要顧及眾人安全，所以太艱辛的不適合，但又不能完全沒有靈異感。今次選擇這廟宇，車可直達之餘，恐怖氣氛更是一流，就連我之前去場地勘測時，朋友已遇到靈異事件。」

據 Frankie 所知，最早建廟的一位和尚打坐冥想時，看到一位年輕女子的鬼魂出現，見她身軀不齊全，應該是遇到交通意外過世，又沒人拜祭的可憐怨魂。和尚知道女鬼的骨灰仍在廟內，便決定用她的骨灰加上水泥，為她建一尊神像。「泰國人對拜鬼沒太多避忌，覺得是一種功德，後來更有人說女鬼很靈驗，久而久之，那位和尚便在廟內用不同人的骨灰，製作各種各樣外貌很恐怖的神像出來。可惜當和尚去世後，繼承人沒空打理，廟宇就荒廢了，加上入夜後沒有燈光，詭異氣氛很濃。

當日我的女性朋友一到達，就見到一個穿粉紅色衣服的女子盯著她，結果我們一踏入廟內，所看到的神像就是那位女靈。之後她回酒店聽到有怪聲，結果要到其他廟宇作法事，事件才告一段落。」

究竟筆者與團友到現場有否靈異事件發生呢？

泰國鬼廟靈探（2）

　　上回提到，筆者帶領十多位團友到泰國祈福，其中一晚到了一個距離曼谷 3 小時車程的半荒廢廟宇靈探。在行程第二晚，我們一行人帶著期待心情，前往這間被指為很猛鬼的廟宇。一向不鼓勵挑釁式靈探，因此每次靈探都會準備香燭及祭品等以作示好，希望眾生接受我們的「探訪」。

　　到達目的地時已接近晚上 11 時，一位住在附近的和尚開門給團友入內。一眾人進入大閘後，筆者已看到那個被塗上粉紅色的女性石像，由於知道這個女靈曾經現身，筆者立刻將她攝入鏡頭，而且作大特寫介紹，向觀眾介紹完這個女靈現身的故事後，便隨大隊向已住生的廟宇和尚神像上香，祈求拍攝順利。

　　之後進入廟宇內參觀其他各式各樣、奇形怪狀的神像。沿路兩旁安放置一個個相貌古靈精怪的人形石像，每個如成年人般高度，加上日久失修，很多神像的五官四肢已脫落，顏色淡褪，加上周圍環境漆黑一片，團友每行一步也戰戰兢兢。

　　我們選擇在一處供奉著很多古曼童的神壇內，進行泰國傳統「杯仙」的儀式，形式有如銀仙、碟仙，不過杯仙移動得不太明顯。接著讓團友每人手拿一枝清香，然後閉上眼睛靜心感受。不久有位「高靈」女團友突然

大叫起來，身體更不由自主郁動，在場的 Frankie 師傅早已準備，大家看到這個情況也不感意外，相信是女團友被附近靈體撞上了。

Frankie 立刻為她進入簡單驅邪儀式，不稍一會女團友已安靜下來。其實在拍攝過程中，筆者腸胃已感到不適，但儀式進行中只能繼續頂硬上。

當女團友情緒平伏後，筆者情況突然變差，已去到非作「大解」不能了。結果，廟宇的和尚帶筆者去解決，本以為只是身體狀況，豈料原來是與門口那個粉紅女靈有關。

泰國鬼廟靈探（3）

上回提到筆者到泰國一間半荒廢的廟宇靈探，廟內眾多石像由人的骨灰所製造，氣氛比一般地方恐怖。

當中最令人毛骨悚然的，是放在廟宇最前那個塗成粉紅色的女人石像，筆者因近距離將它拍攝入鏡，無意間得罪了這女靈，導致屙嘔。

筆者翌日在酒店做節目直播時，有兩位高靈人士稱，見到酒店房內有兩個女靈體徘徊，還得意洋洋地玩弄筆者頭部。其實自靈探那夜開始，筆者身體一直抱恙，為安全起見，接下來馬來西亞及新加坡的行程亦要取消。

回來香港後，筆者 1 天內去了 3 間廟宇求神祈福，希望泰國的事能告一段落。後來筆者去了廟街雀仔占卜問事，結果兩支籤文皆表示「受困」，意味應該仍有後著。

在另一個機緣巧合下，有師傅建議到黃大仙廟求籤，希望得到黃大仙的指引。結果籤文指筆者應該去拜北帝爺才能完事。事實上，筆者那天已拜過北帝，但在拜祭過程中有遺漏，而且可能不太認真，竟給黃大仙一語道破，令人不禁心寒。

　　最後，師傅準備所有祭品，為筆者再到北帝廟上香，兼安排點一個月塔香，幸而最後擲到了筊杯，相信事情真的得到解決。筆者亦得到教訓，以後去靈探時也要多禮，先表明來意，避免再犯錯了。

台灣靈探拍攝險出意外

　　終於可以飛！筆者跟大部分香港人一樣，受疫情影響的三年，沒有機會出外旅遊。隨著世界各地逐步對外開放，終於有機會到台灣工作。這次兩星期多的工作旅程非常充實，當中進行了四晚靈探拍攝，但第一晚就差點出事，還要驚動四輛消防車、警車及工程車來到現場，情況頗為震撼。

　　那晚拍攝的地方，是近機場一個荒廢已久的焚化廠，據悉當年因為一場火災後被棄置。當筆者踏進現場範圍，看到那座焚化廠時也有點驚訝，因其面積很大，但主要三層大樓的外牆已破落，所以可一眼看穿。

　　當地報料者說：「之前一位男士在裡面吊頸自殺，而那條吊頸繩仍在原位，之後便常有鬧鬼傳聞。」這次筆者和另一位主持的任務，就是要找出這條繩的位置。在未正式拍攝前，我們一眾人為了安全起見，必須先到所屬範圍行勻一轉，當時還沒有甚麼異樣出現。可是，大約過了 10 分鐘，當正式拍攝時，在原先漆黑一片、頹垣敗瓦的二樓，一個無人角落突然火光熊熊，有如一個搭起了營火會的火爐正在燃燒中，而且周邊還像擺放了一些易燃物品。我們看到這情況也大為緊張，為甚麼只有 10 分鐘之隔，竟然會無故起火呢？由於火勢已很猛烈，在場一位台灣師傅決定報消防，而拍攝隊亦只好返回安全處等待。

　　然而，當消防來到之前，二樓起火處突然有人告訴我們火種已熄滅。究竟他是甚麼人？在一個荒地又何來水源呢？是誰來滅火呢？我們大感不解。當一眾消防、警察及工程人員來到時，我們將火種的相片呈交作證後便離開了。這一場怪火，我們說笑稱為「鬼火」好了，有驚無險地展開了今次拍攝的序幕。

馬來西亞遇靈體反救一命

　　大部分我們所聽到關於遇上靈體的經歷，都是恐怖或有傷害性居多，但如果一個平日有宗教信仰或心地善良的人，可能遇到的是善良、甚至是來救命。

　　筆者在執筆之時，剛到了澳門進行一次靈探活動，還邀請了本是澳門人的歌手小肥帶路。過程中小肥介紹一位澳門朋友給筆者認識：「Carmen 是我多年的朋友，我知道她算是一位高靈人士，而且有次去馬來西亞差點沒命回來。」

　　Carmen 在 2013 年與丈夫到馬來西亞外島潛水，他倆選擇近海邊的 villa 入住，怪事就在那裡發生。

　　「那晚我們入住後，如常準備瞓覺，因為明日一早要起床。但睡到中途，突然有一股無形力量，將我的左手拖起來，像有人不滿我睡了其床，單手拖拉我，當時我睜開眼睛又看不到甚麼東西。因我不是第一次遇上這些事件，我只好默默唸著經文。果然，過了不久後，那股力量便消失，我也沒想太多便再次入睡，認為只是另一次靈界接觸而已。」當 Carmen 在外島潛水回來後，不幸的是他們再被安排入住同一間房。「由於這個 villa 的房數很少，他們沒有其他可供選擇，我們唯有硬著頭皮入住多一晚，翌日便返香港，幸好今次沒再遇上那隻怪手。不過最令人毛骨悚然的事之後才發生」。原

來，當他們回港後不到數天，有一對台灣夫婦同樣入住了 Carmen 所住的房間，可是他們受到一群海盜攻擊，導致一死一失蹤，這件事被廣泛報道。「想起來也感到震驚，不知那隻鬼手的出現，是否告訴我們房間將有大事發生，讓我知道要快些離開，我們這次大難不死，相信是有神明的保佑了。」

泰國祈福團

終於……終於可以再到泰國了。本來每年必會舉辦的泰國祈福團停了三年,當全世界通關時,我們趁著 4 月中是泰國新年潑水節,再度辦團。筆者與三十名團友再次拜訪當地的高僧及法師,為一眾團友祈福增運。

不經不覺,原來我們已辦了這主題旅行團 10 年了。事實上,筆者亦透過與不同師傅見面,對泰國獨有的增運法事了解更多。然而,回顧這些年來,最令筆者印象深刻的靈異事件,必然是親眼目睹鬼上身的個案。

事情大約發生在 5 年前,當時有一位五十多歲的女觀眾獨自報團,她主要希望透過所接觸到的師傅,為她解決多年來因靈異影響而導致的腳部問題。「我看了很多師傅,他們告訴我是受冤親債主的纏擾,所以一直令我身體受折磨,在香港找不到解決方法,唯有向外面的師傅求助。」當時知道團裡有這個特別個案,特別叮囑工作人員不能掉以輕心,結果她真的出事。

行程中我們會拜見一位(泰文發音)叫龍 Paul soon tong 的師傅,他會為團友進行用七色花沖涼的一場升運法事,將唸過的經文融入花水中,由頭到尾為團友沖身一次,寓意將身體不潔的氣場沖走。可是,當那女士一被淋水之後,她竟然突然全身抽筋,口裡更發出咆哮的聲音,師傅見狀立刻叫我們在場的男士,將她

咆哮的聲音，師傅見狀立刻叫我們在場的男士，將她壓倒在地上，將她控制下來。

筆者立即與 4、5 位男團友嘗試合力制服她。真的不可思議，以這個女士的體質與體重，我們幾個人竟難以制服到，像一般已被靈體附身的人一樣，忽然會力大無窮。師傅同時繼續向著她的面龐噴上經水，她每被噴一下，便以更恐怖的叫喊聲反抗起來。好彩到最後那個靈體暫時被控制了，事主亦全身虛脫。

女事主之後多番經其他師傅的協助，才能真正成功擺脫影響。對筆者而言，這個案絕對是這十年來遇上最猛鬼的團友了。

再談台北猛鬼飯店

　　疫情來到 2023 年縱使在世界各地仍橫行中，由於全球政府已抱與病毒共存的心態，人們進進出出香港，開始恢復正常了。執筆當天筆者正身處台灣，這次出行以公務為主，每天晚上也透過視像直播節目。雖然香港人暫未能以旅遊獲得台灣入境簽證，但相信很快可以解除限制。在這次公務中，筆者邀請了台灣本地及部分居台的香港人作嘉賓，其中就請來 YouTuber「高佬與肥仔」在節目分享靈異事件。他倆本來從事旅遊業，多年前於台灣結婚生子繼而定居，由於擁有多次住酒店的經驗，很多觀眾也很感興趣，而其中一件事件，便發生在信義區很出名的猛鬼酒店。

　　眾所皆知，台北信義區前身是個亂葬崗，在日治時期死了很多人，鬼故事就因這個背景而產生。

　　「這件事大約發生在 2006 年，當年我知道有個女領隊帶團，入住了一間房，她洗澡後便躺在床上準備睡覺，而當時電視正開著。其時電視突然出現雪花，之後變得無聲。她看見電視畫面像有一個鏡頭在床後影射出來，即她看到自己的後尾枕及整個電視，這個情況根本沒可能發生的，她立刻拉被蓋過頭不理會。幸好在 10 秒之後，電視聲音再出現，情況才變回正常，但那晚足以令她嚇餐飽。」

　　這間五星酒店的猛鬼傳聞，相信永遠說不完，不過都應該是過去式，因近年酒店的風水鎮鬼佈局已改變了，最少以前在大堂的兩度符咒已除下。可能鬼怪的東西已被壓住，近年甚少再聽到在酒店的鬧鬼個案。

旅遊・酒店

住酒店貪小便宜

Edmond 你好，我叫李小姐，今日回應一下關於荃灣一間酒店。

六月的時候我家裡裝修，所以到那間酒店住幾個禮拜。貪小便宜，又有五星，怎料出事。酒店有兩幢，一高一矮。頭兩星期住在低層 35 樓，房間算光猛，感覺幾好，完全沒有問題。到了第三個星期，轉了工作便轉到 41 樓，怪事不斷發生。如果高層要返回房間，一定要經過 41 樓大堂，直接上 47 樓。大堂很奇怪，無端端地下有一個洞，有一塊大木，感覺好像邪陣，很不自在。高層出電梯非常暗，好像森林一樣。一進房，我忘記哪一間，感覺好差，真的很臭。臭味不像屎，好像死老鼠的味道。

不理了，第一晚被電熱水爐壺吵醒。大家都知道酒店熱水壺，要大力按制才會煲水。那天晚上我和媽媽都睡了，但那熱水爐自己開了。

第二天早上我在酒店外問媽媽，她說我離開酒店返工的時候，這件事發生了幾次。還有在晚上的時候，廁所會自動沖水。拉水是一個圓形制，都要大力按。另外房門口有感應器，晚上經常都自己開關，還有味道真的很強勁。我在超市買了兩支漂白水清潔，但味道沒有變淡。最恐怖的是天黑後，味道越強烈，一陣一陣的，

不知道是否有靈體經過？還好現在已離開，之後我也有小病，過了一排便沒有事。所以奉勸大家，真的不要貪小便宜。

韓國酒店靈異事件

　　Edmond 我終於有時間分享第二個故事了，早前你在節目中，問聽眾朋友會不會聽到靈異聲音，我想藉此回應一下。這件事是早兩年在韓國發生的，那一次我和媽媽一起去，我們住在東大門一間名為「skyxxxxxx」空中花園酒店，通常收工後就會坐飛機過去，到酒店後放下行李，去東大門逛一個通宵就回酒店睡覺。沒想到媽媽到了酒店就說好累好想睡覺，不去逛街了。人生第一次帶媽媽出來旅行，想說算了她說不去那就不去吧，讓一下老人家。其實一到酒店，她的反應已經有點奇怪，隨後兩天她都不想動，出去逛一下都不要的樣子。除了下去食點東西，其他時間都一直說要回去酒店睡覺。

　　第三晚，我終於忍不住了。我說：「你自己回去睡吧！」你知道東大門最多東西買的，專程來到不是來睡覺的吧？之後我就自己下樓逛逛。兩三個小時後，媽媽打電話給我，說她睡醒了，叫我買東西給她吃。回到酒店的時候，我看見她拿著佛珠在念經，我問她發生什麼事，她沒有回答我，我也不多管閒事了，於是我關燈上床睡覺。就在這個時候，我聽到好像古代女人在唱韓文的歌聲出現，聲音像是在舊式收音機播出來，當時以為是樓下有人在播收音機。

　　因為我住在二十幾樓，酒店房全是玻璃，窗戶都沒有，而那個聲音非常沙啞，十分討人厭。於是我打側睡，掩住耳朵，誰知道還是聽到她仍然在唱歌，當時真的長雞皮疙瘩了。我知道根本不是真的聽到，而是我有這個感覺，聲音直接進去我耳骨。這真的是人生第一次有這種感覺，但是我沒有很害怕，所以照樣睡著了。

　　回到香港，我問媽媽為什麼當晚突然起床唸經，她說進去酒店後，她有一種自己很慘的感覺，很不開心，那裡都不想去，她也覺得事情不正常，所以半夜起床唸經，現在回想起來，其實第一晚我已經聽到類似的聲音了。只是太累，所以我沒多想，還有這位女士唱歌的聲音越來越大聲，可能我後知後覺，或者有宗教信仰的我們比較好一點，還好我們第四晚就離開了。這次的恐怖電郵，就講到這裏了。

禍從口出

Hello 潘 sir，我是 Phoebe。我是付費會員。今次想分享一件關於酒店的怪事，不過不知道是否跟靈異有關。

話說我和男朋友之前去了一間紅磡酒店 Staycation，酒店給了我們一間頭房。我們也有先敲門才進房間，之後我在窗邊看風景。欣賞途中我跟男朋友說，我有一名同事和她男朋友在殯儀館附近租房子。我問同事她會不會害怕，她說她男朋友都不害怕。他覺得殯儀館為什麼建在紅磡，可能是因為紅磡是福地。

我引述了同事這番說話給我男朋友。我接著說這好像很合理，但我男朋友突然間說了句：「既然是福地，不如叫她住在殯儀館裏。」初時我也不以為意，覺得沒什麼，只是開玩笑而已。過了一段時間，我男朋友突然開始發燒。於是我出去買退燒藥和探熱針給他。他一整晚探熱針都不離手，一直為自己探體溫。在酒店房裏，他體溫一直不穩定。

直到離開酒店，回到家中再探體溫就正常了，37度。我回想一下，不會是他說了殯儀館那句說話，說了一些不尊重，得罪了附近的靈體。他也知道錯了，回家後立刻拜祭祖先，向他們道歉。之後那一晚再用我買的七色花皂洗澡，第二天醒來後就沒事了。

　　不知道跟靈異有沒有關係，不過我覺得是一個教訓。我也叫他不要經常亂說話。我分享就是這麼多。

賭場酒店的士站奇怪事件

Edmond 你好，我是由你主持電台開始便一直收聽的澳門觀眾，可以叫我 A 先生，之前聽你說恐怖電郵動態清零，於是令我想起幾年前一個靈異事件可以分享一下

在我小時候見到靈體，例如：燒街衣的時候，會見到人形的煙霧停留係火堆附近，有時候夜晚外出，會見到外牆出現兩層高的黑影之類。

早幾年，我和家人食完飯，之後駕車回家，去到氹仔一間賭場酒店附近的迴旋處，當時讀幼稚園的兒子，指向簷篷的位置說，為什麼有四個人在等的士，因為簷蓬下正是的士站，但明明是有車，但點解沒有人上車？當時我都意識不到，我就告訴兒子，這裏有一間酒吧叫「38」，可能有現場樂隊演奏未開始，所以出來飲杯野吹下風，兒子回答我說，他還見到後面有幾個人貼住玻璃的，因為當時他讀緊幼稚園，學緊英文數字，見着他一個一個咁數，one two three four five，數到第八個，這一刻，我老婆十分害怕，問我間酒吧叫什麼名字，我便答 38，她又問幾多樓？我直接答她 38 樓，這時我立刻醒覺，我望到的位置樓高三層，雖然同酒吧平台同一位置，但是高度不一樣，而且簷篷是玻璃做，另一邊是餐廳的出口，出不到去，我們兩個立刻靜下來，慢慢駕車回家去到停車場，都不夠膽同兒子說明清

楚，我想這一刻最驚的一定是我老婆，因為得只有她一個看不見，而且我們每一日返屋企都一定要經過這個迴旋處。

隨後的數年，我老婆都慢慢習慣了，再加上經常睇 Viu TV 有一季的節目，關於靈探的，文師兄會按照片段找出靈體，於是我們兩父子好像看圖找錯處一樣，一齊找靈體，雖然沒有文師兄那麼高靈，但是都睇到不少位置同文師兄差不多，每次我們兩父子都會同一時間指出來，之後文師兄又會圈返出來，整個過程只是我老婆看不見，我都不知道心理影響有多大。好了，我分享就是這樣。

凌晨時份東堤小築傳來女人唱歌聲音

Hello，潘生。

這件事是發生在 1999 年。當年我是中五畢業，我們一大班同學相約在長洲畢業旅行，我很深刻記得，當天我們下船，便去取鎖匙，之後走到東堤小築。難得去長洲，當然住在東堤小築，我們一大班人經過路口，地下有一塊板子，朋友們走過都沒事，唯獨是我走過去，板子就斷了，跟著我的腳踏下去，原來是坑渠，滿腳都是糞便，我馬上上樓洗白白。

我們十個人住在這間渡假屋裡，屋裡有兩間房間，我們整晚都在打麻雀和賭局，當然，我就是輸家，有個朋友還帶了 DVD 播放機和一些鬼片，我們玩樂到清晨時份，大家都去睡覺。

當晚我跟三個朋友一起睡，我半夢半醒之間，突然聽到有人在唱歌，我被聲音吵醒了。我打開眼睛，看一看周邊的環境，誰在唱歌呢？但一個人都沒有，突然聽到一把女人聲在唱歌，而且聽起來很悲哀。可是聽不到音樂聲，又聽不到這女人唱的歌詞，總之聲音好似這麼近、那麼遠。

直到現時，我還很印象深刻，第二天早上，我問我的朋友有沒有聽到有人唱歌？他們說沒有，還是我被靈

弄？我回想起來，我當天很倒楣，又輸錢，又踏到糞便，晚上又聽到女鬼聲。其實我之後已經好久沒有遇過這些靈異事件，今次分享到此。

　　不過都想分享一下，我和老婆都患了肺炎，大家都不要太緊張，好像感冒，總之大家加油！身體健康。

馬來西亞夜場性感泳衣之夜

潘生你好，我是來自馬來西亞的觀眾。今次是第一次交貨，我有一條影片，想在刪除前給你看。那條影片我收藏了十多年，先跟你介紹一下。

這條影片所影到的是以前 KL 一個夜場，俗稱釣花場，現在經已沒有了。片中台上的女生基本上我也認識，所以整件事都很真實，很難作假。這條影片有一段故事，以前聽他們說，這場裏有一個女歌手因車禍去世，沒多久她被拍到在這夜場。因為這夜場經常舉辦活動，例如性感泳衣派對，比堅尼之夜等等。

這一晚舉辦了性感泳衣之夜，台上歌手在最後一個環節企開一排論流唱歌。台下的酒客舉機拍攝，當年手機像素不算好，有手機拍已經很好了。很快條片被公開了，大家用藍牙很快地傳開了。

當時我也有收藏，不知道大家有沒有看到甚麼呢？最近我想把它刪除，因為我男朋友的契妹是高靈人士，那天把視頻給她看，她說有奇怪的東西，叫我快一點把它刪除，似乎這個靈體有所求。

不過我是低靈人士，我完全沒有感覺，所以我刪除了影片，傳給你看。找高靈人士看是不是能看到她？勞煩你了。

長洲巧遇黑影靈體

Hello，大家好。今次我想分享一下長洲度假的靈異事件。

每年新年的年三十晚，我都會和老公去長洲住一晚，有一次，在度假屋裡，大概是清晨五至六點，突然聽到有人拍門，我被吵醒，最初我以為是隔離度假屋的人去洗手間或者發出聲音，當我想再睡一下。突然又再聽到拍，這次，我聽得好清楚，聲音是在洗手間門裏拍出來，嘩，當然知道是什麼回事啊。我心裏說我們在十二點就會離開，請讓我多睡一陣子，不要再拍。

接着，就真的沒有再拍。又試過另一間度假屋的洗手間貼滿磨砂玻璃，但是可以看到天花板，我習慣性在半夜去洗手間，因此不關洗手間裡的燈。當我躺到床上，準備睡覺時，我看到天花板出現了一個黑影，由洗手間門口飄到洗澡的位置，嚇死我，我馬上裝睡著，當作看不見，這兩次便是我在度假屋遇見的靈異事件。

我的分享到此。

凶宅

彩雲邨靈異事件

筆者因拍攝 YouTube channel「返去舊事嗰度」，上星期重遊彩雲邨採訪。彩雲邨景新樓 2015 年曾有一位穿紅衣的婦人從高處墜下，但身體卻被掛於 6 樓的晾衫架上，婦人雖被救起，最後也終告不治。因為這件事，筆者帶了一位法科師傅到現場查看，亦戥那個 6 樓單位無辜成為凶宅而感無奈。

日前筆者邀請朋友 Frankie，返到其少時舊居彩雲邨，憶述遇過的怪事。「當年媽媽在樓下垃圾站，看見一張很新淨的酸枝木椅，那年代的人沒太多避忌，又覺得不要浪費，所以毫不猶豫地便拾回家。我哥哥睡在上格床，他說每晚都在半醒半睡中，看到一個男人坐在木椅上盯着他，令他很害怕。有一晚他決定走落床準備與他對峙時，男靈體便消失了，他將事件告訴媽媽，然後將木椅棄置後，他便再沒有看到那男人。」

發生在 Frankie 身上的，卻是另一件更不可思議的事。他家住 24 樓，沒有電梯直達，必須到 23 樓乘電梯出入。「有一晚大約 11 點多，我約了朋友出外玩，當我差不多落到 23 樓時，就在轉角位撞上一個人，而他的衝力很大，我當時只有十多歲五呎多的身軀，被他撞倒地上，當我站起來回頭再看，這個男人已消失了。其時，我看到朋友的一個親人開鐵閘追上前，向著那個男人方向說了一句說話，像叫他不要走之類。原來朋友

的家門點了一支白蠟燭,我才意識到他的家應該有人過身了。」事後,Frankie才知道,原來那晚正是朋友的親人頭七,回魂的晚上給Frankie撞到正。「這件事令我知道鬼魂的確不只是如煙如霧,甚至可變成實體出現。」

筆者在網上搜尋「彩雲邨凶宅」或「彩雲邨跳樓」等字眼,得出來的結果的確不少。有很多人認為舊屋邨的井字型設計是罪魁禍首,筆者也認同,因為這種中空設計,的確很容易令人有一躍而下的衝動,所以井字型屋邨從來都是鬼故源頭之一。

華富邨靈異個案

大家好，我叫 Jack。今日我想說的靈實事件是回應你們經常說的華富邨靈異個案。想起我還沒移民到美國之前，都發生過一件事情。

當時是八十年代的某一個夏天，我在華富邨附近一個名叫雞籠灣的地方，做汽車維修學徒，因為上班時間不能處理自己的汽車，所以當收工後，我就會在車房做自己的東西。我們的車房位於私人土地，盡頭是一間豬油廠及豆腐廠，放工後不會有人或車輛經過，亦沒有街燈。我們以前學師時，是沒有一間房屋讓我們當辦公室，所有東西都是在破爛的貨斗上或山上處理。

我記得當晚約凌晨一點，聽到貨斗上方的大樹有些怪聲，於是我好奇上去看看，我估計是野狗之類，或者有人想要偷東西，但我上去看卻什麼都沒發現，我就繼續做我的工作了，當我調頭由大樹走回車上之時，我聽到左肩旁有一下笑聲，那把笑聲非常接近我，我看看周遭根本沒有人就沒太留意，就在那個時候，我感覺到耳邊被人吹了一口氣，當刻我就知道發生什麼事了，我連工具都不要立刻跑走。因為我住在田灣，所以我可以徒步走回家。

　　第二天上班的時候，被師傅罵我，他問我為什麼不關燈又不鎖車，我就告訴他昨晚發生的事情，他跟我說，原來他在那裡住了很久，亦看著華富邨落成，他說在貨斗前的大樹，曾經挖掘了一條屍體出來，嚇得我以後都不敢走近那邊，亦不敢晚上自己一人留在這裡，好吧！我先分享到這裏了。

元朗圍村 222 門牌村屋

　　潘先生，聽到你節目說恐怖電郵快要沒有貨了，所以就交貨支持一下。看到你說了些關於村屋的問題，那我也分享一些在 2018 年，我曾經住過屏山的圍村所遇到的怪事。

　　當時是人生的低潮期，為了方便丈夫上班，由龍鼓灘搬去元朗下村其中一個圍村。還未搬進去當天，先去看房子。看到門牌是 222，已經心知不妙。果然第一天搬進去住的時候，在晚上 11 點多，我女兒看著屋頂不斷叫爺爺。當時她才一歲多，連續很多晚都是這樣。有一天晚上 3 點多，她突然間大叫說不玩了！不玩了！唉，我也知道有問題了。第二天，在大樹下天后廟裏求了一支家宅簽，結果是家中有一名伯伯住在裏頭。 師傅叫我們在門口位置擺放地主，和天天上香，那就會沒事了。擺放之後，女兒沒有再叫爺爺了。

　　住在這裏四年來，發生了很多靈異事件。當時還邀請了某個靈異節目幫忙，不過最後還是被兩隻鬼拉下床。亦決定搬家了，不再煩惱。我分享其中一件事情。有一天晚上，我的兩隻寶貝狗狗在半夜三點半不停吠叫，我怕影響鄰居，於是讓丈夫睡在客廳梳化上陪伴狗狗。當時沒有關房門，只是關了燈和女兒睡覺。突然間我身體不能動，接着我看見有兩名女靈體站在我床邊，想拉我下床。我想大叫但是叫不出聲，過了幾分鐘後我

才能動。但當時沒有力氣，就睡了。第二天起床，我看見我左手有五六條手指瘀痕，是抓過的痕跡。當天約了朋友聚會，我還拉起衣袖給他們看，他們也很驚訝。當時因為很窮，沒有錢搬屋，最後是幾名朋友集資幫我搬家的。

　　之前我也提過找了靈異節目幫忙，期間師傅看過也建議我們盡快搬走，還放了一個寶塔在北面。放了寶塔之後，很多時候晚上去洗手間期間，一開門就看到有人影在穿牆過壁。所以最後決定搬走，寶塔就送去譚公廟了。

自住灝景灣某單位噩運一度纏身 諸事不順

Hello。大家好。

最近我聽恐怖在線，聽到好多人提到凶宅個案，讓我想起，在八十年代中，我和媽媽會經常去睇樓宇，而且都有一些恐怖的回憶，我記得事件在新蒲崗康強大廈二樓一個單位。

記得當時是夏天，當一進入單位時，感覺是涼涼的，很陰暗。它的價格比市價便宜十幾萬。之後我媽媽找朋友帶了一隻狗去，這隻狗一進入便馬上向著這房子不停吠，最後查過才知道，原來是凶宅。我媽媽本身是一個炒房子的人，她最厲害的時候，在德福花園有四個單位，但自從一次，因為工業意外，有六人死亡後，我媽媽的風水師傅告訴我們，德福花園只能炒賣，不能自住，全因風水影響。

長大後，我每逢睇單位都會很小心，還有在中午和晚上各去一次，印象深刻是在十幾年前青衣灝景灣十座的單位。當時我上去看過三次，雖然事隔十幾年前，但裏面好新，不過我和老婆搬進去後，是我們的最低潮。試過在一年內換了三份工作，最後也失業了，而我太太一住在裏面，身體便變差，記得有一次，約了一個朋友去喝茶。誰知道前一天，我和老婆大病而去不了，在這房子裡經常發惡夢，但最神奇的是當賣出這個單位時，

馬上找到一份工作。補充一下，這房子的陽光普照向西邊，明明剛搬進去，有做風水入伙，但都會這樣子，這次分享到此。

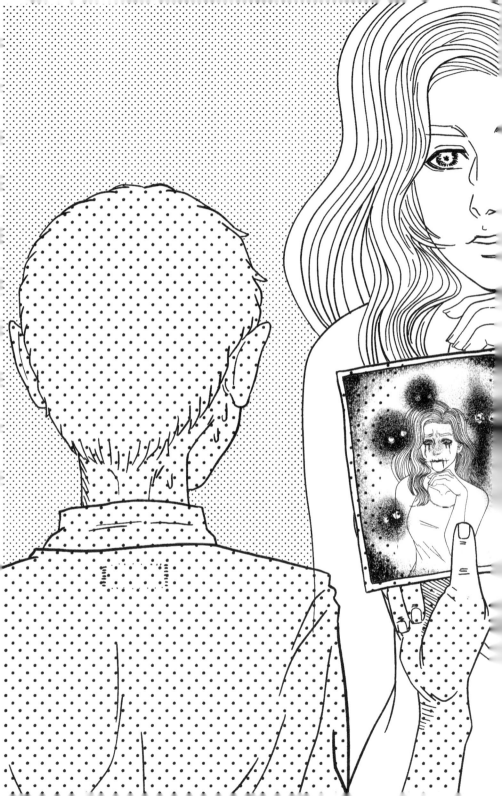

伍仲衡罕談鬼古

在 2023 年，筆者獲音樂人伍仲衡邀請，到其直播節目當嘉賓，一起唱歌及分享靈異事件，對筆者來說是一件「成就解鎖」的事。席間有另一位「中年好聲音」評判周國豐，以及歌手小肥。

如果一直有收看伍 Sir 的直播，會知道這是一個半唱歌、半吹水的節目，所以今次也有聊到鬼古。一向不太相信或恐懼靈異事件的伍 Sir，原來也遇過一些難以解釋的事，其中一單與一位已離世的台灣女歌手有關，「當時大概是 2006 年尾，我在朋友介紹下認識許瑋倫，那時她準備出唱片。有一天，我將當時寫給徐若瑄的《好眼淚壞眼淚》彈奏給她聽，可能她當時有些感情問題，她很喜歡這首歌，而我也答應之後為她作曲。」

可是，在約一個月後，伍 Sir 竟收到她的死訊，「應該是 2007 年初，有天大清早，我收到她在台灣遇上車禍，兩天後重傷死亡的消息。我知道後立刻開電視，希望求證真偽。一會兒後，娛樂新聞果然報道了，是真有其事，我當然很傷感。然而就在這刻，電視卻突然自動關掉，不過事件還未結束。」

伍 Sir 後來去台灣出席許瑋倫的喪禮，那天他跟著大隊送許上山，之後才回酒店休息，奇怪的事再發生，「當日很多媒體去採訪，我返到酒店，也想看看有關她

的報道。同樣地，當一出現這個新聞時，今次酒店的電視自動關了，我不懂解釋，兩次事件皆是巧合？還是她不想我再多看呢？到今天也沒有答案。」這算是伍 Sir 人生中其中一件涉及靈異的事了。

周國豐接詭異電話救一命

　　承接上文，談到筆者應音樂人伍仲衡邀請，到其直播節目當嘉賓，其時大家除了唱歌之外，還大談各人的靈異經歷。上回已分享過伍 Sir 與台灣已故女歌手許瑋倫死後的靈異感應，而當晚同場還有《中年好聲音》的另一位評判周國豐。

　　雖然筆者早在約廿多年前已經與周國豐為香港電台的同事，但大家不同崗位及頻道，所以沒有正式接觸過。由於彼此有很多共同的電台朋友，可謂「隔空相識」，直到那天在直播節目才首次相遇。而他亦分享了人生中一次難以解釋的奇怪事件。國豐說：「我爸爸在我還小時已因病離開，當晚他在法國醫院彌留之際，家中電話響起，原來是醫院打來，告訴我們爸爸情況危殆，要盡快趕去醫院。當然，家人聽到了這個消息，已經很心急換衣服準備到醫院。正當我們關門時，家中的電話響起，接聽時電話內沒任何聲音，我們沒有多理會便趕快再出門口。可是，當我們關門時，電話又再響起，我們又再回家接聽電話，奇怪的是，電話筒沒有傳來任何聲音，這情況之前從未發生過的。雖然覺得奇怪，但我們沒有多理會，立刻趕去醫院。」

　　驟耳聽起來，似沒甚麼古怪，或許有人玩電話吧，但當國豐與家人走到一個紅綠燈位置時，卻發現剛發生一宗嚴重交通車禍。「我們回想起來，如果沒出現那兩

次沒有聲音的電話，我們就會剛剛好到了這個交通燈位置，或者遇上交通意外的，會是我們一家，所以到現在我們也相信，可能是爸爸救了我們。」

　　筆者相信很多事情有所謂「冥冥中有所主宰」，況且如果是祖先的話，一定會保佑後人平安。

呂珊錄音室見 3 位不速之客

　　還記得呂珊（珊姐）曾於伊利沙伯體育館舉行演唱會，筆者曾在其演唱會之前見面敘舊。

　　筆者認識珊姐已超過廿多年，因當時她曾在新城電台擔任過客席主持，所以大家便開始熟絡起來。提到珊姐，筆者早年還未主持靈異節目前，曾經租住西貢孟公屋村屋，遇上不可思議事件後，經珊姐介紹一位高人師傅幫手處理，亦因這件事令我們之間更為熟絡。

　　提到這位師傅，其實他當年在娛樂圈中也是個奇人，因他法力高強，故令一眾娛圈人也拜他為師，珊姐就是他的信眾之一。「呢位師傅真的厲害，像有天眼通一樣，看到別人曾經發生過的事。有次一位男藝人去拜見師傅，但師傅突然問他是否在兩個月前曾經遺失電話？男藝人回答：正確，但師傅竟然看到，他的手提電話最後原來放在他的車頂上，男藝人聽到後目定口呆，事實的確如此。原來，是男藝人有一位神明幫他拾回來，據知是文昌大帝，而男藝人也的確有拜文昌的習慣，我們在旁聽到此事，也感到不可思議。」

　　至於珊姐一向都與靈異事件有點緣份，大約在兩年前，她曾在錄音室清楚看到 3 個靈體在看她錄歌。「當時我正灌錄一張翻唱歌曲的發燒碟，那天我們錄歌時間由下午 1 時至 4 時，按慣例下一手的錄音人士，4 時前

不能進來。但當大約到 3 時 45 分左右，我還有一句歌詞未錄完，突然看到對面監製房內，有兩個人坐在椅子上，另一人站於他們後面。當時我心想為甚麼會有 3 個人走進來呢？是監製的朋友？但以我所知，一般情況下，不會容許其他閒雜人進入錄音室。當我完成之後，第一時間走入監製房，且看他們究竟是甚麼人。結果，一打開門，我只看到監製一人在內，而監製亦表示剛才沒有人進來，這是我第一次看到那麼實體出現的靈。」

娛樂圈一向有個傳說，只要有靈界朋友出現在作品中，便會大受歡迎。沒錯，珊姐這張唱片成績也很不錯的。

倪詩蓓遇靈異事件

　　筆者「有眼不識泰山」。記得在某年農曆新年初，新城電台舉行新春團拜暨新節目發布，當天筆者應邀出席。席上突然有位女士說：「你好，我是倪詩蓓，我是你節目的觀眾。」從這天開始，筆者才真正認識 Annie 姐（倪之英文名），原來她本身有遇過不少靈異事件，既然大家也是新城電台的節目主持，相約起來便更加容易，Annie 姐早前罕有地在《恐怖熱線》中分享其親身經歷。

　　Annie 於八十年代簽約成麗的電視台的藝員，與哥哥張國榮常有合作，從而成為戀人，她完合約後便到台灣發展，怪事就於當地發生。「當時電影公司安排我們包括戚美珍、冼煥貞及潘宏彬等，一起住在一間大宅，這間屋雖然坐落於熱鬧的大道上，但裡面的房間大多數都很陰陰暗暗，當時我們還年輕沒有理會太多，而且也很愛夜蒲，所以很少時間在家。有一晚我們早了一點回家，戚美珍便向我們說，昨晚屋企如打仗一樣，梳化、椅凳全倒或冧了下來，廚房用具被掉在地上，她還以為是我們帶了朋友回來開 party。另外有一次，我們在家裡打麻雀，潘宏彬突然穿著內褲從房內走出來，大聲叫道，為甚麼我們不入房救他？原來他在睡覺時俾鬼壓，而且大叫了很多聲，但我們仍然沒有反應，因為大家都聽不到。」

　　其實 Annie 姐從來沒有親眼看到過靈體，但圍繞其身邊的人也多遇上過。「好似之前我和劉德華拍《投奔怒海》，我們在海南島一條漁村拍攝，他說在睡覺矇矇矓矓時，他看到有兩個全身濕透的人靠近副導演的床邊，後來更飄向華仔的方向，他一於瞌眼睡覺好了。」筆者多謝 Annie 姐首次公開她的所見所聞。

徐天佑由撞鬼到身心之路

　　2000 年初出道的男子組合 Shine，其中的歌曲《燕尾蝶》是他們的經典，直到今天仍令人津津樂道。筆者最近在靈異節目重遇 Shine 成員的徐天佑。原來天佑一直對鬼神之說、外星人，以至宇宙空間力量等題目非常有興趣，所以少時也是筆者節目的忠實聽眾。

　　隨著年紀不斷長大，天佑開始從好奇到研究，進而學習這種身心靈課題。「由於我一直很喜歡這些東西，近年更學會了臼井靈氣。而去年我在倫敦認識了一位老師，他真正教懂我箇中意義，更神奇的是，我突然聽到一把聲音，它叫我開始踏入一條治療之路。加上我和太太曾經去過埃及法老王的陵墓，在裡面我真正感受到宇宙的力。所以返到來香港後，開始教授別人成為導師。」

　　說回天佑年少時曾因聽完鬼古節目而撞鬼。「我當年每晚要聽罷才能入睡，那晚如常是這樣。但睡了不久，我突然全身動彈不得，只有眼睛可以睜開，就在這刻我感覺到有一個男士穿著一套清朝衣服，他在我床邊只是咫尺距離，他慢慢一步一步逼近我，我真的很害怕，但不能喊出聲，最後鼓起最大一口氣叫了出來，那個男人便消失了。當時我哥哥睡在上格床，但他完全沒有反應，這一次算是我人生第一次真真正正遇到靈體，而且是那麼貼近的。」

　　另一次親身接觸，是天佑到外地拍戲時所遇到。「當年要出外地拍戲，地點是一些很偏遠的地方，那間酒店很古舊，房間雖然很大，可是裡面只有一張鐵床之類的東西，所以感覺已經很不好。那夜又是在我入睡不久後，突然感覺到床尾位置有一個很重的力量坐下來，我立刻醒過來，就看到一個男人的黑影，他坐了下來後並沒有移動。這刻我在想怎麼辦啊？於是假裝移動被子，務求令到他知道我已醒來。幸好過了不久，坐在床尾的他就消失了。我真的不少這方面的經驗，甚至也目睹過 UFO。」

　　天佑遇到這方面的事件，可能就是今天使他進入身心靈之路的前奏吧！

姜文杰製作電視劇撞鬼

　　記得有一部電視劇叫《心靈師》，叫《心靈師》的電視劇正播放中，內容大致描述都市人受情緒困擾時出現的各種問題。其中的一位男主，是已入行廿年卻首次演出電視劇的 Benji 姜文杰。筆者剛認識 Benji 不久，就知道他因製作這個電視劇而遇上靈異事件。

　　Benji 除了當演員外，還為電視劇做配樂，每集會按主題製作不同配樂，非常破格。「這套劇因為涉及某些較沉鬱氣氛，我和團隊構思出一系列會令人情緒有點不安的音樂作背景，且看觀眾會否有任何反應。結果，有一晚我在自己房間深夜不斷播放時，我背後其中一隻 figure 公仔，突然無故從櫃內倒跌在地上。最初只覺是正常不過的事，或許擺放不穩吧。過了不久，同一隻公仔再一次跌下來，這次雖然覺得有點不對勁，因為這公仔已有膠貼黐實。豈料，它第三次跌下來，我沒話可說了。」

　　由於 Benji 一向相信有靈界的東西存在，翌日他立刻向一位「高靈人士」求助。「那位人士吩咐我要將另外兩隻公仔棄掉，但不包跌下來的那隻，因為他相信已依附了靈體在內，而且還要我在房間燒鼠尾草，清理一些負磁場。想不到我太太燒完之後，那隻公仔第四次跌下來，我們毛管戙了起來，但事件仍未結束。」有一天 Benji 突然在大廳一角感覺好像踩到一隻腳趾，但實際

上沒有任何物件在地上。「之後我看見一隻飛蛾出現，相信是該依附了的靈體準備離開」。

在行內有個傳聞，作品中只要無故涉及靈異事，便有機會很受歡迎。觀乎這部電視劇也算受到關注，Benji 也應感到安慰了。

周殷廷疑遇馬拉女鬼

　　數年前唱過一首電視劇主題曲《太平紋身店》開始受到關注的歌手周殷廷 (YT)，日前到筆者的靈異節目，分享懷疑曾遇上馬來西亞人所共知女鬼一事。「當年我在新加坡當兵，通常會兩人一組在軍營內夜行當更。由於新加坡鄰近馬來西亞，知道不少關於大馬的靈異傳聞，其中有個女鬼叫 Pontianak 就最出名。她是難產而死再化身吃人的女鬼，由於地理上很近，我們相信她亦會在新加坡出現，據說每逢她出現前，會突然聞到像雞蛋花般的香味，所以我們會特別小心。」

　　YT 說，那一晚他和另一同伴行至山上，經過一棵樹時，同伴突然煞有介事叮囑他不要靠近，還著他快點離開。「我知道他有陰陽眼的，所以他這樣說時，我沒細想便跟他急步向前走。但奇怪的是，我突然聞到雞蛋花香氣，在樹下濃烈地散發出來，這時大家知道是甚麼一回事了，雖然沒有看見女鬼現身，但足以令我相信，這是我最接近女鬼的一次體驗。」

　　除了這次經歷，YT 近期亦遇上怪事，「我除了是歌手外，近年也會接一些幕後拍攝工作。有部世界著名的靈異電影，要開辦相關鬼屋體驗，主辦單位邀請我的製作公司拍一條靈異短片作宣傳之用，所以我們在 4 月時，租了西貢近井欄樹附近一間荒廢酒廠拍攝，怪事便在那裡發生。」筆者亦曾經到過那個地方作靈探拍攝，

因為在酒廠側有一間半荒廢的骨灰龕場，那次拍攝亦出現有人被鬼附身的恐怖事件。

　　YT 說：「那晚我看到收音師不斷作調整，整隊 crew 在等他，也不知道發生甚麼事。經過一輪擾攘後才知道，原來收音師突然聽到很多人在說話，但聽不清楚內容，幸好之後回復正常，我們才能拍攝。」YT 經筆者講解後，終於了解到收音師聽到人聲鼎沸的原因了。

高街鬼屋開放

　　無人不曉的香港經典鬼屋之一「高街鬼屋」，即現稱西營盤社區綜合大樓，現已開放供市民參觀，名為《高街舊精神病院立面現已全面開放》。筆者被「全面開放」這四個字吸引了，究竟有多全面呢？筆者曾到現場了解真相。

　　到場後，發現所謂的「全面開放」是指其「立面」而已。而「立面」指的是原本封閉的兩層建築物最前排的走廊牆身。此大樓建築屬於古典巴洛克風格，其「立面」是全港唯一純用花崗石砌成的西式古建築，走廊下面用上規則的花崗石砌成的護土牆，花崗石立面更於 2015 年被列為法定古蹟。由於兩層立面的範圍只呈 L 型，漫步不到 10 分鐘左右便參觀完畢。所以對一眾抱著靈探，想像有密室、地庫或較陰深的秘道等參觀者，可能會感到極為失望。不過，只想輕鬆打打卡的話，也值得到此一遊。

　　回想起高街鬼屋靈異事件，最令筆者印象深刻的，是來自一位觀眾的電郵報料。該觀眾約 10 年前曾在這幢綜合大樓工作，專門服務一些弱能人士。「有一晚，有位院友被發現神志有點不清，坐在一個門已被打開的木櫃旁，但最離奇是他滿口是泥濘，由於他不善表達，所以我們只好查看閉路電視了解。一看之下，大家竟然看到有一對冇人穿上的拖鞋，一步一步帶領著那位院

友去到木櫃前，之後櫃門自動打開，院友便將櫃內的泥土，一口一口往嘴 裡塞，事後負責的同事表示，木櫃早已被鎖，根本沒有人打得開，這件事令同事們很驚訝。」

　　究竟這案跟一直流傳高街鬼屋曾被日軍用作刑場，或因曾是精神病院的背景有關嗎？相信沒有人知道答案。不過肯定的是，「高街鬼屋」絕對是香港歷史最悠久的都市傳說之一，口耳相傳的靈異經典。

靈異舞台劇堅有鬼

　　筆者曾演過一齣舞台劇《死鬼老婆》。這個舞台劇是改編自《恐怖在線》觀眾提供的真實個案，一連18 場的演出，於灣仔藝術中心壽臣劇院上演。筆者約多年前在同一場地當過演員，當時亦發生過靈異事件。

　　當年那部舞台劇叫《尋魂記》，其中一位演員或帶點挑釁心態，故意不跟隨大隊上香拜神及接利是，結果他臨出場前不小心撞破眼角，血流披面地出台，完成演出後他立刻向監製取回利是，之後再也不敢挑戰傳統儀式。至於今次舞台劇，無論台前幕後，甚至現場觀眾都遇到不少怪事。女演員蘇菲說：「有一幕我一個人在台上講對白時，突然有人拍我肩膊，我被突如其來的那股力量嚇倒，差點忘記台詞。事後我相信是靈體提醒我，前方的佈景會有東西下墮，但他不知道是我們早已準備好機關。」在後台，原來也有位靈體伯伯長期駐守。「我做後台，是最後離開劇場的，那晚我按既定程序，必須將後台休息室所有電燈關掉，可是當我關了之後轉身不夠十步，突然聽到電掣發出啪一聲，休息室的電燈頓時又亮起來，我二話不說就跑走了。後來有其他同事告知，休息室是有位老人家的。」

　　至於觀眾方面，有不少人事後報料，他們在看戲途

中，有人在耳邊聽到如女鬼嗚嗚的叫聲、有人感到小腳被觸碰，亦有人頭髮被撥，以及肩膊被拍打等。

觀乎這些靈異感應，算是沒惡意及頑皮的小騷擾，「他們」目的應該是想觀眾知道其存在，何況這是個靈異舞台劇，相信是來增加氣氛吧！筆者真的要多謝他們的另類參與，讓我們有更多題材。

舞台劇後台鬼影幢幢

　　完成 18 場靈異舞台劇《死鬼老婆》後，上回提到在演出場地藝術中心壽臣劇場，不少觀眾及工作人員也感受到「好兄弟」們的存在。不過他們只作出有限的騷擾，例如觸碰觀眾的肩膊及頭髮等，又或者站於舞台兩旁欣賞演出，所以整個表演仍是順利完成。有說，如果劇院有他們的出現，反而會帶來更好票房。果然，18 場均有超過九成多入坐率。不過，發生在後台的一件事，卻令在場人士有點毛骨悚然。

　　當晚在節目開場前，演員之一的趙善恆（恆仔），帶了他的妹妹、妹夫，以及一個手抱大的 BB 入來探班。BB 可愛趣致，很多人上前逗他，可是 BB 卻表現得不太耐煩，而且開始想哭。突然望上天花板，然後一隻手拍拍胸口，他父母說：「BB 甚麼事呢？驚驚嗎？」當時，恆仔同筆者互相對望，恆仔開玩笑說：「你看到甚麼？」筆者立刻開動「火柴人」的測靈 App 來查看，不過沒甚麼異象顯示。BB 父立刻將他帶離現場，準備到觀眾席欣賞節目。當大家以為小朋友沒事之際，原來事件仍未結束。恆仔說：「BB 返到家後，他在睡房又突然指著門口，做出一個驚驚的動作，而且還說有位姐姐，我妹妹聽到之後覺得不對勁，暫時不知道應怎樣處理，可能遲些找個師傅看一下。」

　其實小朋友因靈敏度高，而且純真，所以很容易感應到靈體的存在。不過，大部分只是過路，或是前來逗小朋友玩耍，並沒有惡意，相信很快便沒有事，家長不用太擔心。

流浪狗場好猛鬼

香港不少人對流浪貓狗付出很多愛心，會傾家蕩產去救活牠們，香港流浪狗之家就是其一。筆者早前認識創辦人 Angela 及其女兒 Sally，其狗場亦是她們家，位於粉嶺很偏僻的地方，曾發生過數次難以解釋的靈異事件。而筆者早前親到狗場探訪，不但對這些怪事，甚至對他們如何照料狗隻，都有更深刻理解。

Angela 首先憶述曾經有一年，正值農曆七月十四晚，「當晚我在熟睡中，突然被很嘈的狗吠聲嘈醒，我立刻起身走出外面觀看，一群狗同時向著山上那邊發出嗚嗚哀鳴的叫聲。我初時以為有賊要進來，但這些聲音很不尋常，而且外面也沒有陌生路人，所以就心知是甚麼事了。於是我一邊安撫牠們，一邊向著山上的方向，大聲地說出，希望眾生們不要來這邊好了，毛孩會受驚的。真的很奇怪，當我說畢後，牠們沒有再發出叫聲，一隻隻安靜地回去了。其實，我們周邊的確很多山墳金塔，加上鬼月時分，可能是路過吧。」

不過，令他們感到更不可思議的事件還有這單，「數年前有一天，突然有警員拍門要入來調查，原來狗場大門外不遠處，有人在車廂內自殺，所以警方希望借我們的 CCTV 一看作了解。我們的確看到有人揸車經過狗場到那個位置，但之後發生甚麼事卻看不到了，因為片段好像被剪掉，完全消失了，我們認為可能死者不

想過程被人知道，最後也不了了之。」不過，後來有人告訴 Angela，指曾經有一晚見到一個陌生男子，在狗場大門徘徊，舉止有點奇怪。「於是我們翻查 CCTV，結果完全沒看到有陌路人在門口出現過，究竟是否那個男人的鬼魂？我們真的無從稽考了。」

然而，說到恐怖事件，筆者與他們一同認為人類對動物的棄養才是最恐怖。「我窮一生的積蓄，也要好好令牠們活得好一點，希望所有人不要拋棄牠們，因為每個生命也須要尊重。」

旺角商廈有結界？

　　我們現在所說的結界，是指一個人進入一個與現實生活不相乎的境地，一般出現的地方多數是山澗或是地下通道。不過最近筆者聽到了一單發生於旺角鬧市的商業大廈內，究竟是真結界，還是「眼花」看錯所致呢？

　　網台《妖言惑眾》的主持 Chris，向筆者分享他的經歷：「我在旺角某療程中心購買了套票，我於下午兩點先 WhatsApp 通知公司會去做療程，但不知為何，過了半小時仍未見回覆，於是我直接上公司查詢，奇怪的事便是發生在大廈電梯之內。」

　　Chris 要到的商廈設計較新穎，客人要到的樓層須由管理員按升降機，「我要去 56 樓，當時還有 3 個人，包括兩個中年女士，她們在三十幾樓一同出升降機，但外面環境很暗很黑。到 54 樓時，另一個送外賣的男人也出升降機，這層本是一間很出名的美容公司，但為甚麼突然像結業般、呈裝修狀態呢？接著到達我要去的 56 樓，一開門時，同樣看到整間公司在裝修，工人正忙於搬運。這刻我心裡爆出一句粗口，因為我預繳了不少療程費用，公司結業豈不是令我血本無歸？於是我原升降機返到大堂，打電話到該公司在銅鑼灣的分店了解情況。那邊職員對我說，旺角那邊一切正常，沒有結業，於是我再由之前那位管理員為我按升降機，再上一次好了。」

　　這次電梯內除了 Chris，還有另一女士，而她要去 54 樓的。「當升降機到達 54 樓開門時，今次竟然完全正常，很多人在等做 facial，我已經覺得很奇怪。而到 56 樓後，我眼前所見，已不是正在裝修，而是一間正常運作的公司，接待處的女士也是我認識的，究竟剛才我看到甚麼？我去了另一空間嗎？」

　　Chris 補充，原來公司在兩點半才收到他的 WhatsApp 訊息，但他的電話記錄是在兩點。筆者認為 Chris 應該不是撞鬼，可能是去了另一維度，或者是看到將會發生的事呢？但願不是吧！

新娘潭女鬼要返屋企（1）

筆者又再再再以新娘潭為題！這並非因為新娘潭路再發生交通意外（沒涉及人命），而是一段十多年前的靈異聲音，再於筆者節目內被拿出來討論。

玄學師傅山信，十多年前仍未學師前，與四、五位朋友到新娘潭降下坳燒烤場玩耍，年輕人吃喝之際，不忘說起靈異故事來。「當晚我們燒烤完，大家意猶未盡，還走到附近山上靈探，發現原來圍繞著 BBQ 場地，周圍一帶都是原住民的山墳及金塔，所以行了一段路後，大家決定離開。我與另一男友人阿康，各自駕駛私家車到大埔，在一間甜品店吃宵夜，大家以為一切如常時，靈異事件在這刻便出現。」山信師傅拿起一部數碼相機拍攝，向朋友們問道：「下次會再來嗎？」大家也興奮地表示：「會呀。」可是，當鏡頭轉到最後到阿康時，竟然收錄到另一把年輕女聲說：「康，帶我返新屋。」

其實，山信師傅十多年前已將這個錄音片段，交到筆者的節目討論，筆者回想起氺也有這個記憶，當時找來一些對音效有研究的專家作分析，他們也表示難以用常理解釋。

十多年後筆者才真正認識山信師傅，所以邀請他再到事發地點重組案情，亦在地圖上找到一處叫新屋村的地方，希望尋找與女死者有關的蛛絲馬跡。當天到了村

口，我們想進入村內時，突然被兩、三隻惡犬侍候，大
家還笑說：「鬼，我們不怕，狗可怕得多。」結果只能
無功而回。對面村一位男村民表示，村內現時只有一戶
人家，他亦對女死者沒有任何認識印象。

新娘潭女鬼要返屋企 (2)

　　上回提到山信師傅，十多年前與朋友去完新娘潭後，在短片中錄到詭異女聲說：「康，帶我返新屋。」為了解真相，筆者與山信師傅重遊舊地，在他們當晚燒烤降下坳燒烤場拍攝，並準備前往附近的新屋村探索一下。不過，當大隊人準備入村之際，卻被兩頭惡犬吠走，大家不禁嘆句：「鬼我們不怕，怕的只是惡犬。」雖然入不了村，但附近村民表示，新屋村只剩一戶人家，並對那把女聲毫無頭緒。既然如此，拍攝隊只好離開，再等待事情發展。

　　可是，當片段上架後，有不少聽力過人的觀眾報料，他們不約而同表示，在片裡聽到一把女聲說：「新屋村。」怎會如此巧合呢？加上這次筆者親身在場，拍攝隊伍又是公司同事，大家肯定當時根本沒有女性在場，這把聲音再度出現，真的令人毛骨悚然。我們與師傅商量過後，決定到一所道教廟宇求籤，希望神明指引，了解該女靈是否真的有事所求。結果，3支由呂祖先師顯示的籤文，皆指女靈求助屬實，而且是涉及一些女靈前世今生的感情事件，希望圓夢。

　　事件在節目不斷發酵，更吸引到不少高靈人士回應，其中有位女觀眾說：「我身邊有位高靈人士表示，原來女靈與阿康前世早有婚約，可惜最後因男方早逝未能如願，所以女靈應該一直在阿康身邊，與新娘潭這個

地方沒有關係。她希望阿康知道她的存在，故此你們要找甚麼新屋村，應該是估計錯誤，她是希望阿康帶她去前世計劃好，一齊入住的一間新屋吧！」

這樣聽起來又不無道理，亦符合籤文所說的意思。想不到又是在新娘潭出現這種詭異訊息，令筆者再跟進。究竟阿康有沒有緣分看到這片呢？又會否相信事件與自己有關？有待時間見證了！

粉嶺祥華邨外的吊頸樹

曾有一對母子，被發現於粉嶺祥華邨祥德樓空地上墮樓身亡，女的更分屍著地。而此案不久前亦有另一名男子跳樓離世，故嚴重影響邨民情緒，加上農曆新年將至，邨內管理處特別請來一眾喃嘸師傅到場作法超度，希望死者可早登極樂。筆者有觀眾是邨民，故告知有關情況，因而早前到祥華邨了解情況及拍攝。

我們到了祥德樓時，已見師傅在準備法事儀式。巧合地，原來負責人潘師傅曾於十年前左右，上過筆者節目分享個案。「今次法事是管理處人員邀請我們來的，主要希望為邨內近年輕生的邨民作超度，亦可安撫邨民。」筆者問道：「做這類超度儀式，有沒有感應到靈異事件呢？」師傅說他本身也會有所感受，尤其是突然會在破地獄時出現怪風。「我曾經為多年前於花園街被大火燒死的人超度，那次因為有多人死亡，怨氣較大，出現的怪風更大，其實這個現象很正常。」

現場有一位姓黎的女觀眾，到場即刻報料。「呢條邨真很多人跳樓輕生，加上邨內周圍種植很多高樹，跳下來時，不難被樹枝掛到再墮地，出現分屍的恐怖情況。我住在邨內多年，沒有見過靈體，但試過遇上在樹上吊頸的個案。」之後黎小姐帶我們到事發地點，走出邨外不遠處，我們經過一條偏僻小路，旁邊有一個大祖墓。「當日是放工時間，我經過小路，突然看到幾個

警察向著一棵大樹走去，後來才知道有位老伯伯吊在樹上，應該死去多日才被人發現。」黎小姐說起來仍有餘悸。

　　事後筆者安排一位靈異 YouTuber AP 晚上到現場，嘗試與老伯通靈，結果經一輪測試下，知道伯伯希望有人為他超度，筆者已安排師傅處理。

和合石火車站

在 YouTube 上架的《返去舊事嗰度》，今集以粉嶺華明邨為題，這條邨位於和合石墳場旁，加上歷年發生過不少墮樓輕生事件，所以一直有不少靈異傳聞。YouTuber 異狼蛋再次聯同筆者到邨內考察，當中靈異事件是發生在涼亭中，而該涼亭前身是和合石火車站。

異狼蛋向筆者提供了一個關於這涼亭的鬼故事，「據說曾經有一群大媽，之前很喜歡到這個亭內唱歌跳舞，貪這邊夠自成一國，不會影響到別人，但想不到竟騷擾到附近的好兄弟。有次她們如常在亭裡唱歌，但突然各人聽到一把陌生的男人聲，跟著她們的音樂歌唱，由於在場全都是大媽，一眼可見，根本沒有任何男人在附近，嚇得她們冇鞋挽屐走，以後也不敢再到這涼亭起舞。」

筆者另一晚聯同另外兩位 YouTuber AP 及 KBB 到涼亭，用通靈法寶尋龍尺，嘗試與靈界溝通。結果答案出來，這個涼亭前身的確是和合石火車站，大媽的確曾在這裡遇上靈體，而靈體的出現，是因為覺得大媽唱歌跳舞是騷擾行為。無巧不成話，筆者亦在涼亭外看到政府部門告示，請使用人士保持肅靜。然而，在距離涼亭不到 100 米，已是擺放骨灰的地方，所以大媽們這次的集體撞鬼也不無可能。

　　還有，和合石火車站在八十年代初被拆除之前，一直是紅磡運送先人到和合石墳場安葬的主要交通工具，當年有一些先人仍逗留在這地方，亦不足為奇。

的士哥屯門公路險死

　　很多觀眾喜歡聽職業司機的鬼故事，覺得他們的經歷很真實，而且他們在路上的奇遇容易有代入感，說不定下個就到自己遇到。最近筆者聽到兩個有關的士司機撞鬼的遭遇，決定與各位讀者分享。

　　日前筆者在司機駕駛途中突然被問道：「你是否拍靈異節目的？」見他這樣說，當然立刻打蛇隨棍上，問他有沒有遇到甚麼怪事，他眉飛色舞地說：「大約 10 年前，我當時仍未揸的士，一晚自己一個揸貨 van 經屯門公路入屯門，可能我當晚精神狀態不佳，一條大直路很容易令人昏昏欲睡，我真的入睡了。就在這刻，我聽到一把男人聲說，下來吧！跟我下來吧！不知為何，突然很大聲說了一句『我不跟你，我不會下去！』結果我給自己聲音吵醒。一醒來時，我立刻揸穩軚盤，好彩當時附近沒有任何車輛，否則應該會發生交通意外。究竟那把聲音是甚麼呢？之後我去了拜神及做了一點善事，以後警惕著自己要打醒十二分精神駕車。」

　　另一件事發生在一位剛入行的司機身上。有天他在的士 App 收到一個叫車訊息，要求司機去粉嶺一條僻遠村落，乘客還說：「這裡只有一條路，你一定找到的。」結果司機到村後等了很久也找不到乘客，周圍漆黑一片，而且沒有其他人，就在他欲離開之際，突然的士門被打開，然後再被關上。可是司機根本看不到有人

上車，他已知道是甚麼一回事，於是他戰戰兢兢地駕車離開。到了村口時，有個老人家揮手截停他的車，還對他說：「你為甚麼走入來呢？這裡沒有其他人，你出去之後去伯公廟上枝香！」原來司機真的載了一個靈體。這些個案聽起來很吸引。

銅鑼灣狐仙真實相片

　　相信這單發生在八十年代初的「銅鑼灣狐仙顯靈」事件，很多人仍有深刻印象，本以此為題材已不下數次，所以此事的來源及其傳說，不用多作憶述。但為何今天在此又再重提？因為在互聯網上，筆者未能找到一張當年真實的狐仙相片。而最百思不得其解，是當年有不少報章報道過事件，可是從沒有相片刊登出來，是不想過分渲染還是有所忌諱呢？真的不太清楚了。然而，直至早前在社交媒體，看到一位長期支持的觀眾將兩張有關狐仙事件的相片上載，筆者即時向當年目擊事件的朋友查證，他們認定這兩張相片是真實的，於是相約這位觀眾出來做了個訪問。

　　原來這位觀眾上載的相片，是來自當年的雜誌《城市周刊》。「我一直喜歡收藏不同類型的舊物件，也喜歡收看靈異節目，所以這本 1983 年出版、封面寫著七尾狐顯靈銅鑼灣的雜誌，我便一直收藏至今。」雜誌內文報道了事件的傳聞，而且刊登了兩張相片，一張焦點在大廈天幕，另一張就是所謂狐仙顯靈的照片。相片是黑白的，清晰度大打折扣，不過加添想像，又像是一些動物形態的頭顱，大約看到有三、四隻，而五官和面形也隱約可以看到。

　　筆者邀請了電台好友陳小芝作回應：「當年我在附近女校讀初中，聽到這件事即和同學每天跑過去看。真

的，這些狐狸頭由最初一、兩隻啊，慢慢變成六、七隻，上面大的下面小的，我們認為是屬狐狸家族。」

究竟這些從雲石衍生出來像狐狸的圖案，有可能發生嗎？筆者又邀請了另一位科學網台主持 Chris 來解答：「雲石本身是岩石，屬於變質岩的一種。如雲石表面受損，有水分入侵，顏色的確會由淺色變深色，而且裡面也蘊含鐵質，如果裡面的水分不能蒸發，其顏色或者紋路，可能隨著天氣或溫度而有所變化。所以從科學角度來說，是有可能發生。」

究竟這單轟動香港的狐仙傳聞，是真有其事，定還是大家集體意識出現異常？請自行判斷。

三門仔夜潛之怪事

　　大埔三門仔及沙欄村一帶，早已流傳一些靈異事件，早年筆者經一位村民帶領，去過該地作採訪。在「恐怖在線」中曾有位女觀眾來電，分享數年前她在三門仔夜潛時，遇到的一件難忘怪事。

　　女觀眾憶述 2018 年時，在其他潛友口中得知，三門仔沙欄村對出海面出現很多藍蟹，而且很容易捕捉，所以她相約一位男友人一同夜潛。「當晚我們在附近泊好車，著上一般潛水裝備便下水，其實那晚環境異常寂靜，水面與平時有點不一樣，我沒理太多便準備落水。突然男友人轉身問我發生甚麼事？他說聽到我發出慘痛叫聲，但我一直沒有出聲，於是繼續懷著興奮的心情前行。」當他們慢慢進入水裡時，女事主開始覺得有點不對勁，「當時水底能見度很差，我只能看到男友人電筒發出的光線，而且海底堆滿沙石。

　　而我們要找的是沉在海中的一條木船，據說船的位置會找到大量藍蟹。可是，過了一段時間，我們仍然找不到，而且周圍環境與我們認識的已經改變，恐怕大家會愈走愈遠，於是我示意先上回水面。就在這刻，我突然聽到一把男人聲，連續發出 3 下笑聲，我知道要趕快離開了。然而，這刻在旁的山邊原來是山墳區，連串出現的不尋常事件像是個警號。」

事主返回岸上後，更糟糕的事發生了。「突然我感到腳底刺痛起來，除下蛙鞋一看，我被一支很長的海膽針刺直插入腳趾，當刻我發出一下喊聲，而男隊友說，這與我之前所聽到的是一模一樣的。」女事主之後到醫院接受治療，更導致 3 個月需拐杖輔助。

「此後我再不敢去三門仔夜潛，而水底的笑聲，可能是取笑會有受傷情況出現，這個地方很邪門。」資料顯示，在 2019 年，同一個地方發生了 3 宗夜潛捉蟹的溺斃意外。

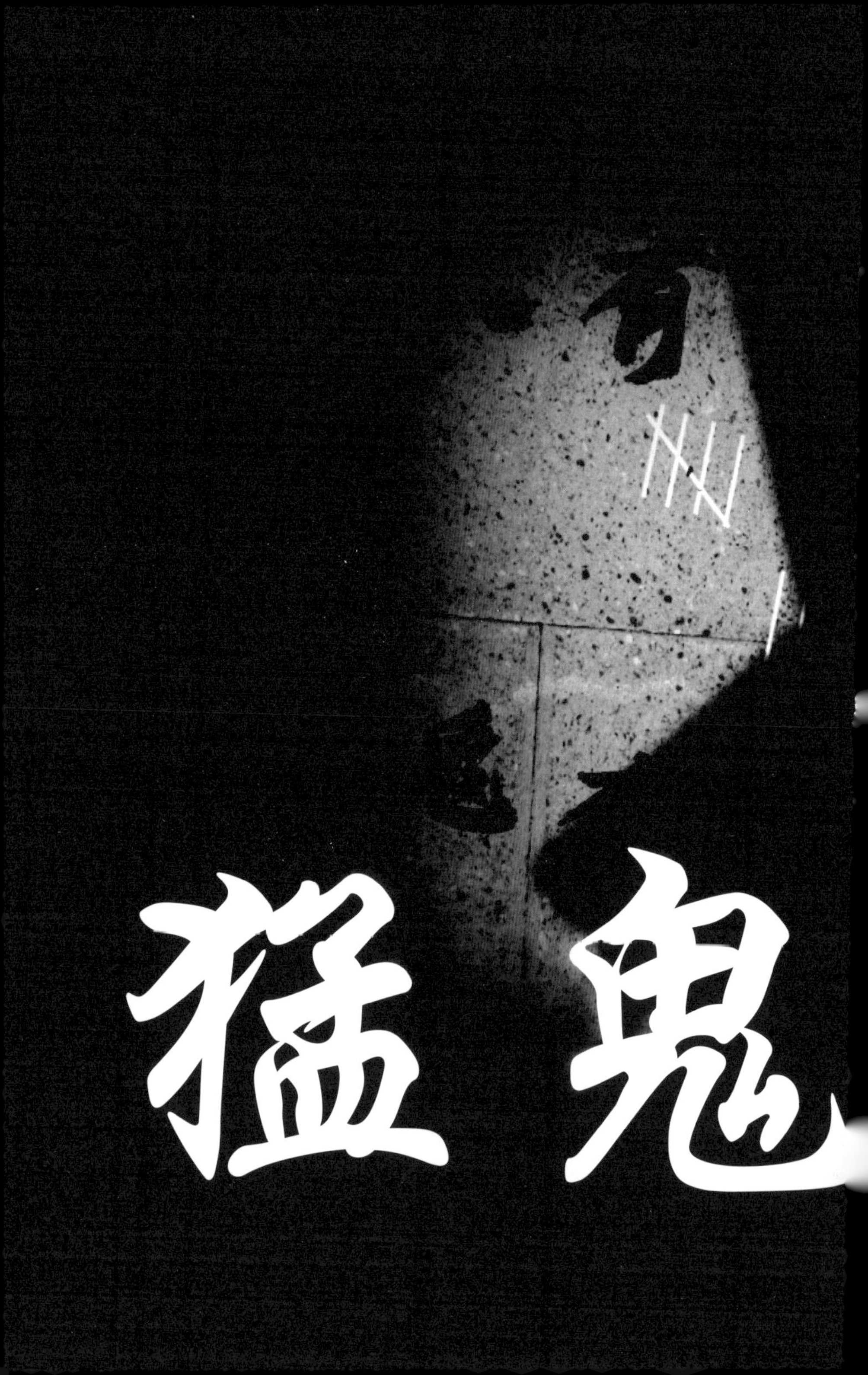
猛鬼

紅衣女子跳樓事件

　　Edmond 你好，又是我呀賢。之前翻看你的節目重溫。看到你們曾經去過屯門友愛邨愛明樓，做關於紅衣女子跳樓事件。令我想起在屯門河都有發生紅衣女子跳河事件。

　　事件發生於 1980 年代，我們一家住在屯門新發邨。現在已拆掉並建了豪宅。我們住在第四座，第四座面向屯門市公園，公園旁邊有條河，屯門人都稱它屯門臭河。在一個晚上，睡到半夜的時候，被二家姐拍醒了。我跟她一起睡在上格床，床頭清楚看到公園。她很慌張地跟我說：「呀妹，你看那條河，看到有一個紅衣女孩飄過嗎？」我當時的位置並看不清楚，但我被她弄醒了，朦朦朧朧，揉一下眼睛，然後對她說，我甚麼都看不到。然後家姐看到我沒有反應，於是繼續睡。

　　那個晚上之後，二家姐病了數天。二家姐跟媽媽說看到紅衣女子飄過河一事，她還跟媽媽說，那天晚上的前一個禮拜，放學的時候經過那條河，看到很多警察圍著一個全身濕透，身穿紅衣，長頭髮的女人。她還很無知地問媽媽，當天看到的濕身女人是不是與那個飄河女人是同一人？嚇到媽媽買衣紙幫她燒。

　　一段時間後，她已痊癒。屯門人都應該知道紅衣女子跳河事件，看看有沒有人回應。不過二家姐是高靈人士，也曾經遇過仙人報夢，所以看到異象也不出奇。

農曆七月十四的結界

　　Edmond 你好，在節目裏經常聽到你說關於結界的靈異事件。這事情在我打工的時候發生，懷疑自己曾經進入過靈異的結界。

　　我打工的地方是一間紙紮批發公司。日常會有些瑕疵品和損壞的祭品，到了七月我們就會拿去燒祭。我第一年在這公司上班時，就輪到我去燒祭這批衣紙。那天是農曆七月十四，我跟倉務的同事說，讓他們先把東西帶到樓下，到時候可以同時間燒祭。

　　大約四點左右時在馬路邊開始燒祭，但火怎樣都點不起。於是我回到公司拿了一份觀音衣和土地衣下去再燒，這樣就可以燒到那些瑕疵品和損壞的祭品。但突然間一陣風吹過，把衣紙吹亂，像龍捲風一樣。我出於好奇心，跟著那龍捲風的位置望向天空。發覺燒得很旺，再看向地下，周圍變得很不同。

　　整條街都沒有途人，也沒有車輛。當時是五點多，工廠區應該很多人的，為什麼會沒有途人和車輛？我再望向同事，他們也沒有理我，只顧着燒衣紙不理睬我。那一刻我很害怕，我知道是怎樣一回事。打算趕快完成工作。

於是我在路邊一直燒，終於差不多完成的時候，我看見對面有靈體在取東西。那時候我很驚慌，突然間又再出現一條龍捲風，我眼前一閃，又看見整條街出現了途人和車輛，一切回復正常。

我本身沒有陰陽眼，但是我經常遇見怪事。下次再和你分享。

北潭涌散心巧遇靈體

Hello，潘聰，看到你新節目到西貢拍攝。我有故事給你，這件事發生在我的朋友身上，又剛好發生在我身上。

我記得大概在三至四月份，我的朋友見天氣清涼，便駕車到北潭涌營的渡假營裏，A 和 B 是情侶，而 C 和 D 坐左另一邊聊天，如果我沒有記錯應該是在河邊附近，據他們所說，聊天後便睡覺，大家都說睡得不太好。到第二天，A 問男朋友 B：「你見不見到 C 和 D 聊天的時候，C 旁邊坐著一個身穿紅色裙的女孩子在中間？」

男朋友說沒有見到，直到他們離開這地方。朋友 A 又問 C 和 D：「你們昨晚聊天有沒有看到一個女孩子坐在你們中間？」C 和 D 異口同聲說沒有。之後再不敢駕車到這裡。因為都感覺出了事。

說起來這為什麼關我事呢？我本身都是高靈人士，因為太高靈，時常被靈體騷擾，後來學法了。這些朋友去過這個地方我都提他們影一張車的相片，怕是女鬼跟住他們，而朋友 C 不久後，真的發生車禍，幸好人沒有事。而我再回看車出事前的確看到一個女孩子的靈體坐著。

　　但這件事還有後續。有一晚我和朋友駕車散心又駕車到北潭涌，而這個朋友都知道我是高靈，亦不斷問我有沒有靈體？看到靈體嗎？而剛好這個朋友亦認識那班朋友，於是我們談起之前那班朋友在這裡出了事，之後望出車窗外，其實除了其他的游魂野鬼，都見到一團團黑色的影。我更見到一個女靈體，她很美，慢慢走近，好像在聽我們聊天還在車窗偷偷地笑。我見這個異常情況，想念經趕走她點知，她沒有離開，仍在窗外，在扮鬼臉，我實在看不下去，我跟朋友說我們走吧，不談了。之後幾天，我便生病，後來我問了師公，原來這個女靈體沒有惡意，只是聽到我稱讚她，便走近來，原來她在這裡修行很久。不過事後，我已不敢夜半到這裡，其實，這個地方的停車場是伸手不見五指，這裡還有許多游魂野鬼。我還記得小時候，在學生旅行時，沿著樓梯向上走，後面山很多山墳。

　　不知 Ap 會有興趣在這裡靈探一下呢？我分享到此。

紅磡區巧遇黑白無常

　　你好，潘生。聽到之前你提到電郵告急！所以，分享一個我爸爸的經歷不是太恐怖，但都很有趣。

　　事源大概五至六年前，我會上班後就回家吃飯，吃過飯後會跟爸爸看電視。我爸爸為人沉默寡言，但為人八卦。我們不是時常聊天，而以往談論更加與靈異無關。直至有一次，他說了這些事，「呀妹，我想告訴你，你激親媽媽嗎？我今天很害怕！」「你怕什麼？」

　　「我今天約了朋友到紅磡附近食飯見面，一心想坐過海巴士，走過大酒店附近你不是撞鬼嗎？我行開這條路發現是賣棺材，其中一間店舖裏，放了一幅很美的棺材，我便八卦，停下來看看。但你知不知，這棺材鑲上很多寶石很華麗，金碧輝煌，很美！真的很美！更賣得很昂貴！」「你有沒有搞錯啊？好看不看？」

　　「看這些！我望入店鋪裏只見到個年輕人坐左書枱前看報紙，喝東西，我看到年輕人背後有一個兩米高的公仔。他身穿古裝、長頭髮、帶著一頂好高的帽、臉化得很白、而眼睛是紅色。好像真人一般。」「不是嗎？」「是啊！我見到他這樣特別，便望清楚是不是公仔。所以，我站在門口一陣子，但你知道嗎？我望了一段時間後 我看到這公仔望著我眨了一眼，而且舌頭也伸出來，樣子變得很滑稽，但眼睛仍是紅色。嘩！爸爸你看到

他，要馬上去上香，跟著，我擦擦眼睛，再望了幾次，會不會是看錯？然後再望下已經消失了。我再望望這年輕人，他好像沒有反應，繼續在看報紙。我愈想愈害怕，立刻跑去坐巴士，再回家。我以後再不敢八卦。」

　　這就是我與爸爸的對話。我事後想起，我爸爸可能是看到黑白無常的白無常，我上網搜尋，好像是這樣子。不知有沒有觀眾可以回應一下呢？我分享到此。

壽山村荒廢豪宅怪事重現

Hello，大家好。

　　我叫陳某，我本來職業是室內設計工程，我公司向來都處理豪宅。大概三年前多，公司接了一單香港仔壽山村附近，他是一個大陸人，他未看過單位就買下。當天見面的時候，大家都是第一次去這個單位，樓宇都很殘舊，而單位比較古怪，一座有三層，底下兩層是一伙人。這個客人他買下三樓連天台，每層都有兩千尺多，獨立門口，所以下面的樓梯可以直到二樓，屋內已沒有傢俬。

　　當天天朗氣清，陽光普照，我們大概十一點多到單位，一進入全屋好黑。我和三個同事在量度和拍照，我負責左邊，另外兩個同事去右邊，做了大概五分鐘左右，古怪事就發生，我在量二百尺的位置，利用電子量都沒問題，但量了幾次都是錯，真的不可能！而眼前就好像有陣煙霧，我便眨一眨眼睛，眨了幾次，同事見到我好像不對勁！就問我有沒有感覺？有沒有什麼問題？我就說不如先量其他位置，跟著走到另一個位置，這個單位有三個洗手間，其中一個洗手間裡沒有燈但有窗，明明是早上，但都感覺好暗，看不清周圍，已經打開單位裡的燈，也是看不清楚，連量尺都不可看清楚，只好盡力做，過了十五分鐘多，大家都想離開，有同事說不太舒服。當量完便在屋內轉一轉，有個房間望出

去是一個花園，好像被荒廢好多年，水池都是青苔，周邊的樹都比房子高，轉一轉之前都有檢查，有看過電錶處，電錶是木電錶箱，電線老化程度，應該這房子已超多十幾年沒有人住過。一上到天台，陽光不錯，還看到海洋公園的標誌；當走回三樓，好像平行時空，感覺好不一樣！

房子還有一個古怪位置，每一個範圍都有一個燈泡，廳中間的水晶燈就保留得好好，一進入好像去了三至四十年代，牆磚是又綠又白的小小塊，好像馬賽克。我們離開後，同事再提大家都覺得這個洗手間好古怪，其中一個同事說一定有靈體！他一進入時便頭痛，走到洗手間時，頭更痛，慶幸我沒有不舒服。但六個同事去，三個不舒服。再問地產經紀，這房子以前是一個有錢的家族住，後人後來全移民不知為什麼又拿出去賣。最後公司都沒有接這個單位，其實我們的老闆運氣好好，每次房子有古怪，最後都接不了。 我們便不用做，我本來是低靈人士，但可能在這行業久了，一年都要去很多不同的房子，所以這些古怪房子，我的感覺特別強烈！

還有一個個案有關學校。我下一次再分享

鬼同你 Talking

　　Hello，潘生，你好。今次我想分享一些在美容院裡的靈異事件。

　　其實你們常常說美容院裡很多古怪事，我都很認同。首先我講一下我同事遇到的事。

　　有一晚我當夜班，我在房間裡工作，門打開了一點點，想著快點做好就下班，剛好有個同事走過，我伸出頭叫，請幫我拿一盤水。誰知這女孩看都沒有看過我。我心想為什麼幫一幫都不肯，我只想準時下班。於是我只好自己走出工作房去拿水，還想訓話一下這個女孩，因為只有一條路可以到工作室，她轉頭我是一定知道的，誰知我一進去，裏面一個人都沒有。其實我看到是那一個同事，但原來這個同事從未進去過。

　　還有一次，我在盤點的時候，有一個房間，它中間是磨砂玻璃，上下是透明的，可以看到裏面 ，平常會招待一些客人在裏面喝茶，有一點貨會放在隱蔽處，我還未打開門，就看到有人身著制服，我記得條褲子和護士鞋子，但我趕著下班。我一邊點貨，一邊說請讓一讓，我往上抑，發現一個人都沒有。這房間很小，我一個人的身軀已經擋住門口，當下我就知道又出事了！

　　另外一次，我甚至與靈體還有對話！那時候，我又是在房間裡工作，在晚上我們只有三個同事在工作有我、顧客和前枱。在工作中途，有人在我背後推開了門，我聽到有人問，有沒有事需要幫忙？我便回答沒有。然後她說好的，那我去下班，我再回答她好的。突然想一想，因為基於安全問題錢司要三個人一起關門和一起走。於是我走出前台問有沒有那個同事要先走？一望到她們，我就知道我出事了！兩個同事一直在前台，都不足一分鐘，而她們說只有我在裏面，沒其他人也沒有人說要下班，我們都在這裡，證明我又出事！

　　還有一次，我們的儀器房裡很小，裏面滿滿都是儀器，想再入一個人也不可。但那次，有個同事在裏面取東西，但門卡住了，一直打不開，她一心想爬上頂看一看。誰知她一看，便有一把聲音跟她說不要看！嚇死她！她馬上找另外一個同事幫手，因為一定要進入取東西來工作，而另外一個同事在門口前說不要再玩！不要再嚇我們！我們要工作，最多明天買水果給你吃，奇怪的是！當說完後，門便沒再卡住，打開門後也沒有人。

　　好的。明天可以再分享一下與客人遇到古怪的事件。

百厭鬼惡搞美容院

Hello，大家好。

昨晚我就分享了一些在美容院裡工作，我與我的同事都有許多的經歷，今晚我便想分享一些客人在做療程途中發生過的古怪事。

有一次，有一個客人在做面部護理時，到最尾敷面膜期間，我會調暗燈光，然後離開房間讓客人休息，走出門外，不久，客人突然大叫，救命啊！救命啊！有人嗎？我便迅速走進房裡，了解發生了什麼事情呢？原來客人自己取走 D 塊面膜，我看到她面都青了，然後她就說有鬼，我便安慰她，接著我再問她發生了什麼事情？其實她是熟客，應該不會作弄我們，她說剛剛我一開始離開房間後，有人在吹她耳朵，還會在她耳邊風，但是她聽不懂，而全身也動不來，只可發出一些叫聲，她掙扎了幾秒後，才叫得出來，跟著我們也是這時間聽到她在叫。

還有一次，有一個新客，她試完療程後，她想花錢繼續，但堅持要到另一間分店做，還問我們同事可不可以到另一間分店為她做，客人買療程都會喜歡美容師的手勢，但公司規矩，當然是不可！然後客人就說那不要，接著美容師就與客人談談，她說原來這裡好猛，好多靈體在，連呼吸都困難，好大的壓迫感，肯定這裡有

靈體！也肯定這裡的靈體靈力強！是不是找藉口不買療程？就真的不知道。不過我們相信應該不會找這些當作藉口吧！

又有一次，有一個客人來做減肥療程，我放她在熱艙裡焗汗，全程是四十五分鐘，美容師一般都會走來走去，每十分鐘就會看一次，為確保安全。在三十分鐘時，她發現有人抓住她的頸子，有人在玩燈，有時光，有時暗。其實這個客人已經來過好多次，不知為什麼這次會發生這樣的事件？事後我們找了一個師傅來看一看，他的確說，美容院有靈體！不過靈體都是要錢，如果我們好好待它們，它們便會幫助我們的生意，於是他說一陣子買水果放在最後一間房，就可以讓生意好起來，我們便照做，今次便分享了我們美容院的猛鬼事件。

普慶戲院廁所驚現「無腳」紅色繡花鞋

Hello，大家好。我是付費會員。有兩件親身的個案，今天先分享一件。

這件事發生在 1984 年，當時我大概 17-18 歲，而發生地點是油麻地普慶戲院。當年 有一天我與朋友看兩點半場，準時入場，馬上先去洗手間，去到女洗手間門口發現人龍很長，排了一段時間，而人龍好似沒有動靜，我覺得自己不是太急，還可以忍一忍，於是決定開場後再去，開場大概約十分鐘左右，我便去了洗手間。入到洗手間裡，發現裡面只有兩間 心想這麼一個大戲院只有兩間女廁，難怪排了很長的人龍，我見到其中一間上鎖了，應該有人使用中，另一間就並無關門，自然就入了無關門的一間。

之後我想轉身關門時，不知為何 我隻手一直凌空找緊，找緊空氣一樣。嘩！原來是沒有門，沒有門又怎樣去呢？我就走出去 再用另一間，走出去後，等了一會兒很靜，仍未見人走出來，心想裡面究竟有沒有人呢？於是我等了一會兒，再聽一聽裡面有沒有聲音，又聽不見裡面有任何聲音，如果是有人，應該有呼吸聲？於是我用手想推開扇門，正想推開時，但好像鎖上了，推不開，好明顯裡面有人鎖上了。我心想會不會有人在裡面倒下了呢？當我想伸手去拍門時，突然隱約聽到一聲！不好！

　嘩！發生什麼事呢？我意識不到怎樣做？後來我決定都是不拍門了，反而轉了，蹲下看一看裡面究竟有沒有人呢？嘩！竟然我見到一對紅色的繡花鞋放著，但不見一對腳。當時我仍不怕，還想著會不會這個人是除了鞋蹲在馬桶上呢？我見自己還可以忍一忍，於是我回到座位繼續看戲，當我一邊看戲，一邊心就寒一寒。我在想如果蹲在馬桶上都不應除鞋？還有是什麼年代啊！仍穿著一對紅色繡花鞋逛街？當看完套戲，出到餐廳再借洗手間好了。

　我與朋友分享這件事，我朋友便勸我不要想太多，加上陽光普照，可能是戲院職員玩弄一下，之後我整個星期都病了。這個病與戲院有沒有關連，我就不太清楚了，因為我沒有做過任何拜祭，只是看了醫生亦慢慢康復。後來我互聯網搜尋一些資料，原來有些人同我一樣在這個洗手間裡也發生過這類事情，究竟是惡作劇還是與靈異相關呢？我直到現時都不得而知，我仍有其他個案。留待下次再分享。

七人行驚現八個頭

Hello。潘生，你好。我都係付費會員，今次是第一次分享，我想分享我弟弟的一次靈異經歷。

多年前，我弟弟和他的同學，一行七個人。有一晚，在元朗吃完飯後，想著逛逛街。他們一大班都是住天水圍，食完飯後，便建議從元朗走回天水圍，大概六點至七點多開始起行，七個人繞過鳳池村再回天水圍，因為這條村的路都很窄，所以他們一個個順序走，而我弟弟排第四個，第一個男孩突然想起，天黑會害怕大家會走失。所以他建議每個人伸一伸頭出來，數一數，第一次的時候 ，第一個男孩說不對數，就找我弟弟再數一次，因為他站在中間，應該會比較清楚，那我弟弟在數，前面有三個人；後面還有他自己，竟然看到五個人頭，他覺得好奇怪，再數多一次，同樣是這樣，之後他再不敢看後面。直到回到天水圍，一個個都回家，他看到最後一個同學旁邊有一個頭一直跟著他走，他好害怕，馬上回家！回到家便問一些同學有沒有看到最後一個同學有東西跟住他，其他同學都說有看見，不過不敢跟他說，事件大致這樣子。

最後這個同學有沒有其他事件發生就不知道了，我的分享到此。

普慶戲院廁所　誤入「異道空間」

　　Hello，潘生，你好！之前聽到節目中有人提過曾經有人在普慶戲院遇到一對繡花鞋事件。我想講我亦有相同的經歷 。當天我中途去一去洗手間，去洗手間要上幾層樓梯，當時已經覺得很奇怪，當一推門後，發現好像去了另一個世界，一個真空狀態，沒有聲音，只是聽到天花掛著的風扇聲，我顫抖了一下，我見鏡上反映所有門都正打開著，只有個扇門是關上了，整個洗手間都是綠色的。

　　嘩！好像在看幻海奇情的情節一樣，其中一間廁隔如廁中，突然見到旁邊一個廁隔有一對繡花鞋伸了出來，還有一對很朦朧的腳正穿著。嘩！我十分害怕，褲都未整理好，幾秒之間，我醒了，即時衝出洗手間。我都覺得很奇怪，為什麼自己會走入去呢？跟著我瞄了鏡子一下 ，竟然全部都是打開的，我大力推開再衝出去，所有聲音都回復到真實世界般。

　　今次我的回應就是這樣。

我只是留一個晚上千萬不要碰我

Hello，大家好。

這個電郵的故事年份是 2005 年，深刻記得當時我參加了東 x 遊去了日本，行程一般是 Hello kitty land、心齋橋、迪迪尼等等。

而必去就是富士山裏面浸溫泉。當年我們一行三個女生，所以就跟團一起去，我全程都生病了，在當地我告訴導遊要買藥吃，回到酒店，我好累很早就睡了。

我睡的時候，原來我兩個朋友都已經睡了，也聽到她們在打鼻鼾，平時我都在床上不停輾轉反側一段時間就能睡著。當晚當我想睡的時候，我臉向著大門口，我打開眼睛後再閉眼睛，我感覺有個婆婆由門口走到我的前面，她一邊走、一邊說話，她說你剛剛在看什麼？

我當然太害怕，馬上用被子蓋過自己，我心想為什麼她是說廣東話呢？第二，我就說很不好意思，我在這裡只是留一個晚上，明天就會離開，千萬不要碰我，然後我不停念經、不停念經，連我的毛孔都忍不住全動起來了。後來我感到累了就睡覺了。

第二天，我起來的時候，我感覺我的病比之前嚴重多。之後我還發燒，需要導遊為我買一些退燒藥。其實

我全程都沒有心機，不過最後都沒事。直到現在，這件事對我都仍然很深刻印象。

荔景醫院靈異事件

你好，昨天聽到你們說醫院的靈異事件，我有一些回應和問題。

我在荔景一間大人急症室工作，已工作了很久。醫院一向有很多靈界朋友，不過幸好我沒有遇過，但有一件事想分享。話說有一位行政科的高級經理，在 2019 年頭，由迪士尼醫院升到這間醫院。他請了我們的舊同事到他的辦公室喝茶聊天，他留意到經理枱旁有一矮櫃，裏面有一個壇，壇上有一塊手掌般大的金色牌，上面好像有一個佛的圖案，不過我看不清是甚麼。

我覺得很奇怪，因為牌前有三杯似酒的液體。這位高級經理很厲害，他來工作後，可以不停向老闆拎人頭，會隨便找借口炒掉不喜歡的同事。

大家都知道公立醫院不可以隨便炒人，有很多事情要經過程序，但為甚麼他可以那麼輕易地炒人？全部同事都不明白。他會否有靈界朋友幫忙鏟除異己？又或者他向某些人落降頭，令自己升職？只要他對誰看不順眼，都不能留下，最後失去了工作。

希望你在節目跟我們說說，這一切究竟是甚麼？讓我們有心理準備，麻煩了！

中學更衣室曾經是自殺地點

潘生，今日想提供一單料在學校發生的事件

之前就讀青衣長康樂堂的一間中學，當時與那所學校就職了很久的老師關係不錯，於是聽到學校靈異事件。他們說學校禮堂下面曾經是男女更衣室，有一年，有一女同學在女更衣室燒炭自殺，之後不斷傳出怪事靈異事件。

因為這些傳聞，中學將兩個更衣室封了，開了訓導室旁的地方做更衣室。其實我都有去這兩間更衣室，更衣室正正常常，就好像正常體育館，有廁所有沖涼的位置，都可以坐下來換衣服。

男更衣室裡擺放了舞龍舞獅的用具，與女更衣室一樣都有廁所，洗手盆和鏡的設備，而奇怪的地方是卻沒有沖涼的位置。有一面牆用了紅色磚砌成，所以我們懷疑老師所說是事實，而消失了的空間也許是案發地點。

今次就這樣簡單地分享。

冤魂不息

重遊彭楚盈白骨案現場

　　香港史上首部破一億票房的電影《毒舌大狀》叫好叫座，雖然內容情節是虛構，但不少觀眾看罷之後，就發現劇情影射香港一單名為「彭楚盈白骨案」的奇案。1999 年模特兒彭楚盈的骸骨，被發現藏於油麻地華德大廈 15 樓一單位內，最離奇的是，屍體被發現時已是兇案四年之後，所以彭之遺體已變成白骨。由於案件涉及當年高官的家屬，而且調查疑點重重，最後因證據不足，法庭裁定死者死於不幸或意外。

　　回想起多年前，曾經有一位曾住在這幢大廈的男觀眾，致電筆者的節目分享他的靈異故事，他認為自己接觸到彭楚盈的靈體：「當年我因為在尖沙咀工作，最後選擇入住油麻地這幢大廈 8 樓的一個單位，大廈裡面大多是屬劏房型小單位，那夜我如常大約凌晨 3 時多才返到家。當我一踏入家門，打開廚房燈，突然啪一聲燒掉了，接著大廳燈以及廁所燈也同樣燒了，只有書枱燈正常開著，心裡已經有點奇怪，但沒理太多繼續入廁所沖涼。豈料，我突然聽到有怪聲，就像有人將我的書枱的東西掃落地上一樣，我立刻衝出去看。竟然看到一個穿紅衣及鬈頭髮的女人，站在我的床上背向著我。由於我對這些東西不會太恐懼，當時我返回廁所沖身，之後再見不到她出現了。」

男觀眾以為女鬼走了事情便結束，但卻不然。「當晚我睡到夜半時，突然全身動彈不得，更看到那個女人再出現！今次她跪在我床邊，口裡不停說話，當然我聽不到任何一句說話，過了數分鐘後我便睡了。」翌日，男觀眾在新聞報道知道他樓上15樓發現白骨事件，「我從新聞報道中看到那個女死者的樣貌，正是昨晚來找我的那個！我不知道她為甚麼來找我，而回想起在這段時間，屋企的靈異事件又不止一次。試過在夢境收到她給我買馬貼士的訊息，結果又真的贏馬。」

法律上的公平、公義、公正，就是我們所希望得到的，難怪《毒舌大狀》的劇情得到共鳴，大快人心。

花槽藏屍案大廈靈異事件

筆者曾因為拍攝 YouTube Channel「返去舊事咽度」，連續多星期重返曾發生過兇案的事發單位現場，將兇案現場最新面貌重現觀眾眼前。同時亦希望取得有關靈異的資料，滿足觀眾好奇心。不過，其中一單被稱為香港十大奇案之一「花槽藏屍案」，由於筆者未有足夠的靈異相關報料，久久未能拍攝。然而，當筆者在經節目呼籲後，果然有位男聽眾曾在同幢大廈電梯遇到怪事，他的資料相信可幫到一把了。

這件兇案發生於 1984 年，大廈 A 座 26 樓一單位的住客，赫然發現花槽內有血水滲出並發出惡臭，繼而報警。警方在隔壁單位掘出兩件被白布包裹著的男性屍體，其後證實為新加坡商人，且是兄弟關係，事件複雜離奇，到現在仍未找到兇手，所以稱為奇案之一。然後過了這麼多年，有關的靈異傳聞真的不多。

其中一件是演員吳麗珠，曾在筆者的電視節目分享過。「我近年從事地產經紀行業，有次帶客人到該大廈看單位，事前並沒有多留意原來同層就是那個凶宅。到了之後有點古怪，我們竟不覺意經過了該單位，當時其大門是打開的，雖然沒甚麼異樣，但可能是心理作用，在氣場上的確有點不對勁，最後匆匆帶客人離開了。」

　　至於該男觀眾的個案就相對詭異了。「在二千年左右，我姑姐和其他親戚住在 24 樓，正是凶宅對下的同一個單位。有一天我們幾個人乘電梯落樓，可是當電梯門關上數秒後又突然打開，外面一個人也沒有，但樓層竟然又停在 24 樓。奇怪的是，這層樓外面變得像燻黑一樣，被層黑霧包圍著，與本來的 24 樓毫不一樣，而我立即看那個顯示牌卻是 23 樓。看到這個奇怪景象後，叔叔像知道了甚麼一回事，說了一句：有人要乘電梯！好彩，最後我們也可順利離開。當然，我們不能確定這件事與兩位死者有關。不過回想起姑姐住在這地方的時間運程比較不濟，而且有家人病發在單位內死亡，大家也覺得可能大廈的風水或氣場上出了問題，不久之後他們也搬走了。」

棄屍女冤魂不息

　　唐詩有云「清明時節雨紛紛」，2023 年的清明節同樣有紛紛細雨。筆者為了拍攝「返去舊事嗰度」的 YouTube channel，決定前往流浮山尋找一個先人的墓碑。為甚麼說是尋找呢？因為這個碑的先人在 2007 年遭男友殺害，被棄屍流浮山的荒山草叢裡。據資料顯示，其家人就在屍體發現處為她立了石碑，最初還刻有女死者的名字，後來改寫上「南無阿彌陀佛」的字樣以作超度。由於上址人煙稀少，加上亂草叢生，所以能否找到也成疑問。

　　由流浮山餐廳旅遊點出發，沿途經過不少釣魚場再進入單程路，不久很快就找到墓碑的位置，原來附近是菠蘿山範圍，所以有一些行山人士路過。大約找了 10 分鐘左右，筆者和同行師傅便在一處上斜坡的位置，清楚見到這塊石碑，約有一兩呎高度，咖啡色底雲石刻上金色字，在路邊清晰可見，沒有被雜草遮蓋，而且還很新淨，相信其家人有定期來拜祭。筆者與同行的師傅立即上香給先人，並表明來意希望她不要介意。將帶來的衣紙燒完之際，筆者問師傅：「這是完成了，對嗎？」此際筆者和師傅頭上竟然出現太陽，師傅直言可能是先人欣喜的現象，筆者也覺不可思議。正當事件完結之際，豈料兩天之後卻收到死者弟弟來電求助。

那晚主持節目「恐怖在線」，有一位自稱是死者弟弟來電，說因朋友是節目的聽眾，知道我們去其姊姊的石碑處拍攝。「其實自姐姐被殺後，我一直感到她常出現。例如：她家中的洗衣機和音響會自動開著。另外，我屋企失火前一晚，我看到了一個沒面貌的女人出現。我很擔心姐姐冤魂不息。因為我們一直沒有這方面的知識，不知道如何處理，所以今次來電求助。」

是緣分還是甚麼安排呢？現已作出跟進。

深水埗唐樓腐屍靈

在深水埗某唐樓，因傳出惡臭氣味，途人覺得有可疑報警，最後在唐樓的樓梯發現一具約死亡已兩星期的男性腐屍。報道指，死者是一名癮君子，年約 30 至 40 歲，身上沒有任何資料，政府之後派人清理遺體。

事發後 YouTuber AP 在「恐怖在線」節目中，到現場實地探靈。觀眾經 AP 的帶領下到了屍體的發現地點，整幢大樓相信已無人居住，所以死者才能藏身於樓梯轉角位。

AP 說：「我其實是第二來，上次有兩桶很臭的水放在附近，我不知道是甚麼來的。不過，即使已將屍體運走，但臭味仍是揮之不去，而且周圍仍見很多由屍蟲變成的有翼昆蟲，非常噁心。

還有，在地上看到有些頭髮之類的東西，上次我還以為是居民的假髮，事後才知道，相信是死者遺體的一部分，感覺很不安。」每次外出探靈時，AP 也會帶備「尋龍尺」，希望透過它的移動，能與靈界或接收到一些訊息。AP 問：「如果死者的靈魂在現場，請將尋龍尺打交叉。」那尺竟出現交叉狀態。

見狀，筆者立即想到死者應沒有家人或朋友為他超度，便著 AP 問他可需要我們為他做點事，結果尋龍尺

很快出現明確答案，這令我們及觀眾嘖嘖稱奇。

　　因為出現了這個局面，筆者已相約了一位法科師傅，擇日到現場拜祭，希望讓死者安心上路！

張飛顯靈驅鬼

不少香港人都有拜關帝的習慣，而且正因為黑、白兩道的人也會作供奉，本地有很多地方或廟宇都可參拜關帝。然而，在三國歷史中，除了關帝（關羽）之外，大家當然還認識劉備與張飛，他們三兄弟感情深厚，雖然在正史上沒有記載三人真正結義，但關係之密切應毋庸置疑。而為甚麼會提到此段歷史呢？

在朋友介紹下，認識在筲箕灣山上的張飛廟負責人Mandy，她娓娓道出香港這間唯一張飛廟的來歷，原來同其家族成員一次撞鬼事件有關。「我是漁民的第二代，大約在 82 年前，當時我叔叔跟船出海打魚，他突然在船上看到很多古怪的白色影子出現，然後身體出現異常。據爸爸及媽媽口述得知，叔叔是鬼上身，一般控制不了自己，而情況一直持續。當時爸爸的年紀只是比叔叔大一兩年，也很年輕，對這方面亦不甚了解。經過醫生多次治療，情況沒有好轉之後，爸爸只好聽從別人建議，來到這間山上的廟宇向負責人求助。」

Mandy 又指，她爸爸帶了叔叔到關帝廟後，叔叔再次像被鬼上身般手舞足蹈，不過這次有點奇怪。「當時他的動作不似是亂來，一舉手一投足也似是有意思。爸爸突然想到一般鬼魂，不可能在神明面前沒有敬懼，而爸爸從叔叔的動作突然感應到，上身的應該是張飛。當張飛降童後，叔叔又真的可回復正常。後來爸爸得到

張飛爺的報夢，要他建廟作供奉，從此香港便有了第一間張飛廟。當建廟時，張飛來報夢有三個要求。「首先，他要求在廟前要有一對老虎作守護，我年少不懂事，曾經當木馬騎上去，結果被懲罰，導致腳上有一處不能消滅的記印。第二，他要 9 個童子負責興建橫樑。第三，他要一對廟前的對聯，對聯的一邊是由其大哥劉備作題，下聯便交由一位校長作結，整件事的確是真人真事。」

筆者對於 Mandy 口中憶述其家族與張飛降童的一件事件，只可用「嘖嘖稱奇」來形容。不過，神明也需要借助世人為他們「落地」建廟也不足為奇。

關公神鬼大戰

　　上回提及早前到過筲箕灣山上，香港唯一的一間張飛廟採訪，透過廟內一位負責人及漁民二代 Mandy 口述，知道張飛曾降童為漁民子弟驅鬼，之後甚至要求為他立廟作供奉。然而，還有另一件靈異事件涉及關帝爺，隨後更展開了一場神鬼大戰。

　　據 Mandy 說，大約在八十年代，當時有一名年輕的漁民名叫鄭木根，他因一次不小心小便而出事。「當時他跟隨長輩出外打魚，之後一班年輕人上岸，到一個島上踢波，鄭木根人有三急在附近小便，可是他回家之後便出現異常。例如：他會突然跑得很快，又當喝了水之後，身體會變得很大力，無人可以控制到。我爸爸鄭興見狀便知道他應該是冒犯了鬼神，於是帶他到張飛廟處理。其時，鄭興被張飛降童，知道鄭木根因將小便尿液射到一個軍人的頭顱上，而他是一個冤氣很重的軍魂，所以張飛要求其二哥關羽出手，對付這個軍魂。」

　　當時關公吩咐涉事村民及其子弟一同上廟，三日三夜不能離開，而且不能給鄭木根喝一滴水。「原來因為水是靈體能量的來源，所以關公千叮萬囑不可以供水給鄭木根，而且要將他五花大綁，這樣才有機會將那軍魂驅走。」

　　結果，軍魂真的被驅趕了，但情況亦不是那麼容

易，甚至連關帝傳說那把「青龍偃月刀」也在大戰中受到破損。「你們可以看到這把刀的刀柄真的有損，全都是真人真事，而且我爸爸也將這些個案記載於書。」

而對我來說，這間張飛廟曾發生過的神蹟真的很罕見及有趣。

捷運車上驅鬼

執筆之時仍正於台灣公幹中，這趟行程主要是拍攝《台灣在線有鬼嗎？》的第二季，本打算日後再作分享。然而，今次經同事介紹下，認識了一位在台灣居住的香港女演員，她分享了一件很意想不到的驅鬼事件，而進行的地方竟然是在擠擁的捷運車上。

小兔是香港演藝學院的畢業生，她第一次接觸到靈異事件，就是被人驅鬼。「當時我在學校溫習，忽然感到很頭痛，在我旁邊的一位同學，她是一位基督徒，突然向我說要為我驅魔，直指我的頭痛與這方面有關。她說信耶穌不須要償還甚麼的，她既這樣說，我便讓她為我祈禱，也沒多理會。很奇怪，不稍一會，我突然感到有一股氣，從我頭部一直走到腳趾，然後消散了，而我的頭痛也頓時消失，從此之後我成為一位基督徒了。」

或者因為這次經歷，小兔對其信仰有了信心，所以當她的朋友遇上類似事情時，她二話不說便充當起這個角色了。「我在台灣認識一個女醫護人員，她告訴我早前連續三晚在睡覺時，看到一些黑色人形物體出現在她的床邊，而且影像越來越清楚。

那天筆者跟她一同乘捷運回家，當時車廂有很多人。坐在筆者對面的她忽然瞪大雙眼，一直盯著筆者的後方，筆者知她應該是出了問題。而筆者就出現呼吸困

難，感到有人用手叉著我的頸。筆者立刻呼喚神的力量作對抗，心裡不停唸著經文，幸好過了一會，筆者和朋友再沒有受影響了。」

　　其實，小兔從沒有依循正式途徑學習驅魔，但她知道只要對自己所信的神有信心，以祂的名義應該可以成功。「自己回想起來也覺得很誇張，在自保及為了朋友情況下，我必須硬著頭皮去處理好了。」

冤魂不息

廚房撞鬼事件

Edmond 你好，有一件事想報料。

　　關於我兩個朋友，叫他們做 A 和 B。他們倆在九龍區一起開了一間食肆，哪一區就不說了，總之對著大馬路，人來人往。早前我到舖頭，A 跟我說 B 最近遇到怪事，應該是吸引了靈體。話說有一天 B 在舖頭工作，他問廚房師傅食物出了嗎？

　　同時有兩人都聽到一把女聲說「還沒有」，由於他們本身都有遇鬼的經歷，廚師亦是泰國人，他們都相信帶了奇異的東西回來。於是去了紙紮舖查日腳。

　　查到的都頗懸疑。原來師傅說，是一位前員工去後樓梯食煙，吸引了那隻鬼，而這員工腳上有一個紋身。同期廚房師傅都說，舖頭另一位師傅有帶佛牌，所以證實了兩件事都是真的。不過我問他，我都有在後樓梯食煙，不見得我會吸引那些靈體？A 便說，原來該員工有不良嗜好，令身體非常差，氣場不好，所以容易碰到靈體。最後 A 問怎樣解決，師傅說靈體沒有惡意，只要每月給他們燒金銀衣紙，就應該可以共存。

　　我平時都有到舖頭幫手，都經常會夜媽媽收工後去後樓梯。後巷其實漆黑一片，但我從未遇過任何古怪事。不過真的如朋友 A 所講，是個人體質問題。如果將來有機會接觸到的話，我一定會報料交貨。

險被女惡靈索命

Hello，Edmond，你好 。我是姓陳，很支持你，所以交了一年會費，今次是第一次分享。

這件事發生在我的中二，當時幾乎我每晚都會被靈體捉緊頸子，不是壓住，而是捉緊，捉到我動也動不了。之後又沒事發生，後來我發現打開房門睡覺，她便捉不到我，我懷疑她在門後面當我打開門後，她被困住，所以出不到來便過了一段平靜的日子。後來不知什麼原因，可能是我要打掃，我打開了門便把她放了出來。這時候又出事了，到晚上，她又捉緊我頸子，當時我知道是同一個靈體，因為之前我想了一個辦法，我把房門關起來，又好了一陣子。

有一晚，我在廳中間就是圖片中七號位置我在打電動，我打電動後面有一個窗子，我在打電動中途，我看一看窗子 omg！有一個女人在這裡，身著好像月娥奔月 ，說錯了！是嫦娥奔月的造型。從左邊的窗子飄到睡房，她還有偷偷在笑，絕對不友善，我心想會唔會這樣誇張，於是我裝沒事繼續打電動，然後我再想，omg！她會不會出現在我後面的窗口，於是我也不敢往後看，一陣子她向我打招呼該怎樣好？我該打不打電動？該不該應她好？我一樣關下門睡覺，原來她一直飄、還飄到我的房間，跟著她又再捉緊我，但又沒有其他事，不過她的力度大和時間變長。

　　我本身是一個基督徒，有一晚，我臨睡覺前，突然間想打開聖經看一看內容，想會不會有幫助，當我一打開聖經，我的頭馬上好暈，好像天旋地轉。我心知不妙！這晚最厲害！我關了門便睡，我感覺全個時空都停下來，我的觸感慢慢伸到洗手間方向，然後她慢慢從洗手間裡爬出來，跟著到了門口，好像貓咪不停爪我的門，而且發出一些古怪的聲音。我當時還在想這個門會不會有阻嚇作用呢？可以阻止她進來呢？跟著聲音真的停頓，回復平靜。忽然被停頓的時空又出現。今次我床頭後面的窗子不停被爪、發出極刺耳的聲音，嚇死我！我忍住口。

　　因為粗言穢語和聖經都沒用，跟著她走進來，我整個人被她拉起來，感覺我的靈魂差不多要離開肉體，一直向上飄浮著，離開大概半個人的距離，當然我拼命拉，想著把自己拉回來。終於回到身體，我就醒了。我整個人都麻痺了，滿頭大汗。

　　後來很快便再睡著，就這樣子過了一晚，之後我不敢再看聖經，她仍然每晚都把我肉體拉開，不過力量沒那麼大，我便傻呆呆過了很長的日子。跟著整件事就沒事了。

人有人講　鬼有鬼聽

Hello，潘生，你好。

原來我已經有五年時間沒有分享個案給你。我在香港期間，一直都有聽你的節目，甚至到了英國，有時差影響，所以聽不到你的直播，但我會再聽重溫。

今次我想分享我到了英國後入住這房子的古怪事件。我住在這裡已半年，這房子由第一天入住起，我才知道是一間百年歷史的大宅，據說鄰居，這裡曾經做過教堂，它也是文物古蹟之一。當下我得知後，心想總是不太舒服，話說這房子只有半年合約，到時便找地方搬走，我總是覺得這房子好像不想讓我離開，因為在這兩個月內不停看樓，已經看過八間房子，但沒有一間是可以，當然我明白租不成有很多的問題。但有時候會發生明明約好業主，但他會臨時失約，很倒楣！

但這樣子還不是最恐怖的。自從想到搬走的一刻，我睡眠品質就不好，有時候會失眠到天亮，而我每晚都要帶著耳機聽你的節目助入睡，早兩天我聽完節目後，準備關機睡覺，但仍帶著耳機點知我聽到有聲音，這時已凌晨三點至四點，最初我以為是外面街中有人說話，但連續幾天都是這樣子　，後天我沒有再理會，決定繼續培養心情入睡。誰知我聽到一些音樂聲，好像一些兒童合唱團，當時我已沒有再帶耳機，仍然聽到聲音，

於是我坐起來，想找一些聲音來源，點知這些聲音原來
是我除下耳機傳出來，我再帶回耳機，就聽到好微弱的
聲音再傳出，當下我以為自己未關程式，所以仍然有聲
音，當我再檢查電話時。其實已經關了程式，但為什麼
仍有聲音呢？當下我只好裝沒事繼續睡，經過這次後我
再不敢再和老公在房子裡談這個單位或者搬屋，我擔心
它佢破壞我們搬屋計劃。

守夜

　　HELLO 潘 SIR，今次是我第一次寄電郵給你，我由電台時代便一直收聽。有宗個案發生在我大約 13 歲的時候，那年我外婆去世了，當然我全家人都很傷心，大家都忙著為婆婆處理她的身後事。

　　記得那天是她出殯的日子，我們全家都要去殯儀館「守夜」，我們都已經哭成淚人。當晚我猜大約是深夜時分，我睡不著，突然間聽到一些怪聲，好像是某人在說話，但也不像我家人的聲音，我也認不到是誰的聲音，所以我也管不了那麼多，繼續睡覺。誰知道過了一會兒，有個親戚「鬼上身」，不停大喊大叫，當時我們也不知如何是好。

　　我舅父突然醒起他有個朋友可能懂得如何處理這件事，應該是懂得一些「法科」、「茅山」之類，便叫所有親友出來看看。但我們看到這個情況也不知如何處理，剛好婆婆又去世了，而這個親戚又「鬼上身」，大家都被弄得一團糟。

　　時隔多時我年我媽媽跟我說，原來當年婆婆的離世是和靈體有關，也算是被靈體所弄死的。我當時便想，婆婆都已經被「你」弄死了，「你」為什麼還要騷擾我們另一位親戚，我媽媽說可能這位靈體要令我們一家也不好過。

到底這位靈體針對我們一家的原因我已經沒再追問了，不過這是我小時候親眼目睹的。

我分享到此為止了。

鬼陪你食飯

Hello！Edmond 你好，我叫 Nicky。之前我住大角咀時都經常「交貨」，現在我搬到元朗大棠。

2017 年 7 月 1 號當晚，我們到元朗一個地方吃圍村菜，竟然都「有貨」可以給你。吃飯前，我們一家人就到那個地方附近的一所商業大廈裡的影樓拍照。

那個影樓好古怪的，影樓那層的其他店舖全部都沒開，拍完照後大概晚上 8 點，我們一走出商廈，已經有人鎖門了，所以那裡非常安靜。

直到去酒樓才開始多人，一坐下我姐夫就說頭暈，還有 16 個月大的兒甥女，常常看著我背後，我後面其實什麼都沒有，也沒有電視。

其實這位兒甥女，她平常除了看電視會很入神之外，沒有其他東西可以吸引到她的。

究竟是在看著什麼我也不知道，但我姐夫也是一位很多這些感應的人，他說整頓飯都感到頭暈，吃飽後他才在的士跟我們說，他說剛才一直感覺到有「朋友」在我們身邊。

　　我可以肯定整餐飯都有「他們」陪同，可能商廈太靜又沒有人氣，附近又靜又暗，所以有他們的存在，一點也不驚訝。好了，這次就交這些「貨」給你。

靈異冷知識

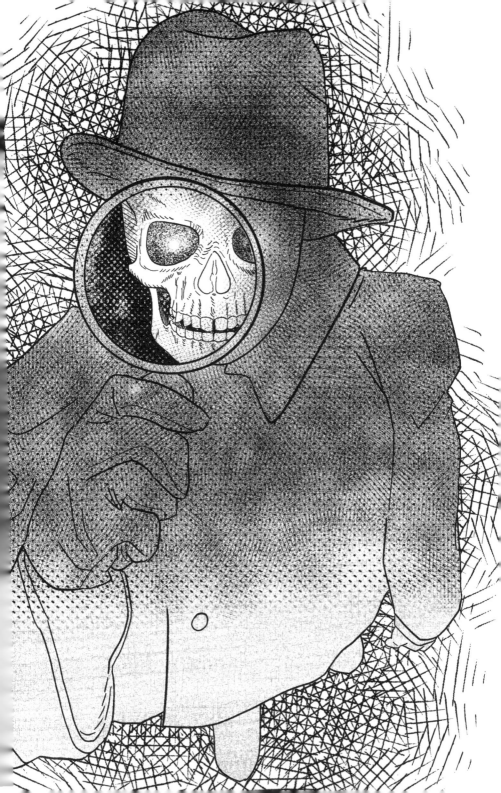

大樹下原來有隻精靈

　　大樹下善待動物庇護站（大樹下）是一個政府註冊非牟利團體。筆者與大樹下的主力義工 Jojo 認識多年，對該組織發生的事也頗為了解。至於為何叫「大樹下」，原來是有原因的。Jojo 說：「我們的動物庇護場在元朗錦田山上一個較偏僻的位置，要告訴別人怎樣揸車前來也頗複雜。不過，就在中心小山丘的不遠處，有一棵鶴立雞群的大樹，零零舍舍生長在一個當眼處，有點像我們地標似的，亦因為如此，我們便命名為大樹下了。」有關這棵樹其實發生過一些靈異事件。

　　大樹下的狗場曾於 2020 年 10 月，因附近一場大山火關係，波及狗場周邊地方，由於火勢迅速蔓延，加上人手不足，Jojo 眼見形勢不妙，便在社交平台呼籲有能力者盡快趕上狗場協助，幸而最後能將逾 200 隻狗狗安全撤離，避開一劫。不過，當時他們看到火勢正燒向著那棵山丘大樹，心想：「今次一定沒了。」可是奇蹟的事情發生了。「翌日，當山火被撲熄後，我們走上山丘上看它，那棵大樹竟安然無恙，但其周圍的草地已被燒到一片燻黑，後來我將相片給一位高靈人士一看，他看到這棵樹原來早有精靈依附，而且作出保護。」

　　說起來也很不可思議，這棵大樹需要一些與別不同的營養作補充。「另一位高靈人士要我去中環半山一間老字號買竹蔗水來作灌溉，因為這間店的竹蔗水經過多重蒸餾，營養價值較高，這棵樹亦要飲用牛奶作食量。結果，不到你不相信，大樹很快便回復正常生長至今，所以它真的很有靈性。」

　　此事令筆者不期然想起，日本 311 海嘯之旅，也有一棵 250 年的松樹沒有倒下，或者它也是一棵靈樹吧！

車有靈性？

　　筆者曾以公司名義購入一部歐洲二手車，當時價錢算合理，用作載人和載貨也很不錯，所以這兩年間一直不停用它。其實當年購入時，有行內人不太建議，因為它在香港不太普遍，一旦壞車，換零件會有點麻煩。幸好這段時間只是冷氣運作出現過小問題，很快完成修理。

　　兩年後，筆者看到一架日本牌子的越野車將推出加大 5 門版，筆者一向鍾情這款車，為看到這款車的真身，於是第一時間去車行感受體驗，並即場拍了一段簡單的限時動態，寫上「Dream Car」字句，當時只是表達喜歡而已，沒有購買。可是當天較後時間，公司同事打電話來問：「Edmond 你是否準備換公司車？」原來，本來的公司車，突然出現機件故障，而且之前沒有試過類似情況，所以同事便說：「車，真的有靈性，可能它知道主人有意換走它，便出現所謂『小器』的情況。」事實上，筆者早已聽聞過車會有這個現象，但發生在自己身上，真是第一次。

　　筆者將這件事放在網上分享，豈料引來很多有共同經歷的人回應，他們一致認為是「小器」的現象。奇怪的是，筆者從沒有在舊車上，表達對它的不滿及準備要換新車，為何它會那麼神通呢？

　　此外，有人建議換屋也不要在家裡說出口，否則家裡的水、電等東西，會離奇突然壞掉，的確不得不信。

　　由於當時距離新車出貨的日子尚有逾 9 個月，我們仍需要與舊車多多配合，所以由今天起，筆者須向它多表示感謝，希望它將來會有一個更適合的主人。日本人相信萬物皆有靈，可能就是這個原因吧！

黃大仙靈籤

　　每年年三十晚，眾所皆知嗇色園黃大仙祠會湧上萬計信眾，當然包括不敢不去上頭炷香的夏蕙姨，現場一定擠擁得水洩不通。然而，除了這間為人熟悉的黃大仙廟外，位於呈祥道上的元清閣，同樣是黃大仙廟，雖然其為人所知程度有所不及，但大仙的靈驗度亦為人津津樂道，因為大仙會降乩指點信眾，其靈驗之處也令人嘖嘖稱奇。

　　之前筆者曾分享過，有關此廟扶乩過程的不可思議之處，所以不再重複。不過早前筆者收到一位女觀眾來電，她說：「黃大仙的乩文，真的準到令人有點心寒。」原來，女觀眾老爺的媽媽在去年離世前，有一個心願未了。「那個年代，她與丈夫沒有正式結婚，而且他們早已各散東西，我老爺知道他的媽媽時日無多，用盡各種方法希望尋找其丈夫的下落。不過，香港逾 700 萬人，人海茫茫如何找呢？我們甚至打電話到全香港的政府及私人墳墓，希望知道他是否已不在人世，但完全沒有其資料，最後想到去找黃大仙問乩，結果真的找到了答案。」

　　女觀眾那天在廟裡等不到乩文，只好先回家靜待回覆。豈料，她的老爺發了一個夢。「夢中老爺見到一個男人，在山上被警察捉拿著，而其名字就是他要找的人。另一個相關的夢再次出現，今次知道他原來已成功

偷走，而且已不在香港，還向家人說不用再找了。」然而，最令人毛骨悚然的是，女觀眾之後才收到大仙的籤文，內容竟然 100% 準確。「乩文告訴我們不用尋找，他早已不在港，而且大仙還告訴老爺會收到一個報夢，整件事是我們收到乩文前發生的，廟中職員亦無可能知道會這樣發生，你說大仙是不是很靈驗呢？」元清閣逢周六及每月初一及十五會免費開乩，有需要的讀者可到廟親身體驗。

蒲台島打醮

　　所謂「打醮」是太平清醮的簡稱，是一種酬神祭鬼保平安的儀式，在香港很多地方或村落也會舉辦，當中大家較熟悉的，必定是每年一度長洲太平清醮。然而，有些地方會隔三年，甚至每十年才打一次醮。執筆之時正是蒲台島三年一次打醮，筆者首次進島作採訪。其實，蒲台島算是一個孤島，現在於島上生活的人不夠 10 個，當中皆因交通不方便，加上沒有充足水及電，所以願意留島的人極少。不過，因為打醮關係，不少以前在此居住的島民，就趁盛事回來懷緬一番。

　　在香港仔碼頭往蒲台島的船程上，筆者已經收到不少料。在打醮的數天內，島上只可以吃素，但亦有人不信邪，挑戰傳統信仰而出事。一位船上村民表示：「有一年有個做酒家的村民，明知要在打醮完成燒大士王（又名鬼王）之後才能吃肉，他竟然忍不住口，只差 1 小時左右，吃了一碟乾炒牛河，之後他向大士王上香之際，整個人突然抽搐起來，更口吐白沫，幸而最後沒大礙，所以這些傳統不能不信。」

　　筆者今次入島除了拍攝打醮儀式外，還要前住一個著名鬧鬼景點名為「巫氏鬼屋」，以及打卡熱點「棺材石」。由碼頭走到這間已荒廢百年的大宅大約需 30 分鐘，其實大宅大部分建築已倒掉，只剩下外牆及小量房間，所以恐怖不足，名過其實。可是位於高山上的「棺

材石」，在村民口中則流傳有靈異事件發生。「曾有年輕人見棺材石，真的很像一副棺材，一時貪玩躺於石上，不久後出現神志不清狀況，最後據聞要找法師作法才回復清醒。」

其實筆者多年來沒收到很多關於蒲台島上的靈異分享，或許因為人口少所致，加上天后娘娘一直鎮守保護村民，所以島民生活也很平安，怪不得即使島上生活條件較差，仍有村民不願離開。城市人欲感受樸素的大自然氣息，絕對可一訪蒲台島。

《恐怖熱線》重開

筆者相隔超過 15 年，(9/3/2024) 於新城電台重開靈異節目《恐怖熱線》，節目由筆者於 1999 年接手，一直主持至 2008 年。世事或許就是這樣奇妙，一件從來沒想過會發生的事，就在馬浚偉先生入主新城後，決定要將《恐怖熱線》復活，筆者在他誠意打動下很快便答應了。

自從聽眾們知道節目重開後，他們比筆者的興奮程度有過之而無不及，畢竟這個節目對很多喜歡聽鬼故事的人來說，的確是一個童年回憶。很多聽眾在年少時每晚在收音機旁抱著「又要驚又要聽」的矛盾心情，想不到可以在 2024 年再次重拾。回想起那些年來，令聽眾留下過不少經典回憶，例如從聽眾故事改編而成的電影《大頭怪嬰》，還有疑似女鬼來電及自殺男靈探聽眾等，時至今日還是聽眾的集體回憶。

3 月 9 日晚，重開的《恐怖熱線》開播，以後每逢周六晚 11 點到凌晨 1 點，兩小時的節目會邀請藝人、師傅及聽眾來電。現今節目以視訊及圖片等為主導，但其實電台也隨著時代轉變而增添儀器，不過筆者堅持只以聲音廣播，好讓聽眾在沒有畫面下自行想像，自製更恐怖的畫面。

在全新節目中，加插了一個新環節叫《吸引力法則研究院》，雖然不是講靈異事件的環節，但近年盛行研究身心靈課題，所以節目也會討論這方面的資訊，每集研究院院長，會教導聽眾如何提升正面能量。

例如，第一集導師鼓勵聽眾，每朝起床對著鏡子說：「我今天一定會很好運。」試試每天做這個練習，且看運程有沒有甚麼改變。筆者相信一個經得起考驗的節目，不只是「食老本」，還要與時並進，好讓聽眾有更大得著。

三聖邨靈石

筆者曾拍攝《返去舊事嗰度》的時候，重遊屯門三聖邨，再次「探望」那塊不能移動的大靈石。相信關於這塊石的靈異傳聞不用筆者再多講，簡而言之，當七十年代港英政府要拓建青山公路時，有意將屹立在旁的一塊大石移走，但工人必遇大病或受傷。

然而，當時的外籍高官（有說是前政務司鍾逸傑）認為只是迷信之說，一意孤行要移動，結果兒子竟命喪於車禍。不過，筆者翻查紀錄，鍾之兒子是因病過世。無論如何，在屯門三聖邨，特別是當地漁民卻一致認為，這塊大石充滿靈氣。為作進一步了解，筆者特意到大石旁的天后廟查問。

這間天后廟也很有靈力，廟內負責人向筆者說：「我們這個天后娘娘本在內地境內，因為當時打擊迷信，所以天后娘報夢給一位漁民，要求在這邊為她建廟。後來她更附身於一位漁民身上，繼而為人驅邪治病。

不過被選上附身的人早已仙遊，現在已沒有後繼之人，善信只能向天后娘娘求籤，來獲神明指引了。有一次，有個後生仔走入廟話自己鬼上身，我們見他像發瘋一樣，不停手舞足蹈，知道是甚麼一回事，立刻將天后娘娘的聖水噴在其身上，同時將掛在橫樑上的彩旗套在他身上，最後將那個靈魂送走，這些事情在七十年代較

多，現在相對少了。」

此外，駐廟的解籤人「九嬸」也算是一位奇人。九嬸表示：「我沒有讀過書，但不知為何在沒有學過的情況下，竟然可以為善信準確解籤，因為求籤之日也要了解當天的五行，大家的相沖相剋，可能是天后娘娘給我力量了。」筆者當日求了一支自身籤，九嬸說：「你有橫財命呀！」九嬸，承你貴言好了！

台灣冥婚

　　執筆之時，筆者到台灣處理公司分部的工作，同時也把握時間到荒廢的地方拍攝台灣的靈探節目。在工作期間，得知有一部相當賣座的電影《關於我和鬼變成家人的那件事》正在上映，據知這部電影應該不會在香港上映，所以在公餘把握時間入場觀看。

　　看到電影名稱，相信大家也知道與靈異有關。其實，它的素材主要來自台灣一種獨特的冥婚概念。家中如有未婚而又過身的子女，父母會為他們進行冥婚的儀式，好讓他們有所歸依，不會變成孤魂。父母先會剪下子女的頭髮、指甲等，聯同冥紙及死者相片一併放入一個利是封內，然後丟在街頭上。家人便會在附近一直觀察，只要有人拾起來的話，他們便會立即衝上前告訴拾獲者是甚麼一回事，而拾獲者便成為冥婚的主角了。據知，如果事主不願意的話，將會一生受惡運及會被逝者纏擾，聽起來真的很可怕。而該部電影變成男男雙配，以搞笑幽默的方式呈現，所以它並沒有恐怖的氣氛，反而著墨反同性歧視及家人親情，笑中有淚的手法贏得很佳口碑。

　　提到冥婚，雖然在香港的文化，並沒有這樣一種「迫婚」的概念，但冥婚個案也偶有在節目中經觀眾的分享聽得到。我們最常聽到是，逝世者會在陰間認識到另一半，他們分別會向父母報夢，請他們向對方家人提

親，而最難以解釋的是，報夢中所說出的地址和對方家人的資料並無差異，兩家人同時會知道是甚麼一回事。這種事情絕非可用非靈界的角度解釋的。無論如何，即使我們在香港也好，最好也不要隨便在地上執東西了。

中醫特別手法驅鬼

在古代醫藥沒有那麼發達的年代，如果要處理一些可能由鬼怪事件引起的精神問題，據說可由中醫施加一種叫「十三鬼穴」的針灸方式來醫治，而這種醫療方式，早在唐朝已有文獻所記載。除了用針灸醫治邪病之外，原來用電力發出的頻率與震動，也有相同效果。

筆者的一位女性朋友，由於長期受到腳患影響，所以需與痛症共存，而她亦嘗試過不同治理方式，可惜仍解決不到問題。不久前，她經媽媽的介紹認識一位「奇人」中醫師，而他所用的方法算是很偏方的一種。「由於這位中醫只在早上應診，我每次都要晨早 9 點到其灣仔診所，對於一向晚睡的我，要這樣早起已是一件苦事。另外，他的獨門治療方式，亦令我感到有點不好受。」

據她描述，醫師要她揭起上衣，然後用一個浸上中藥袋子，用力地不停在其身上遊走，就如刮痧一樣的做法。「做了數次之後，我才知道在藥袋中有一個純銀造的硬幣，如果病人身上有鬼怪纏身，硬幣會呈現出來。我和醫師在治療中無所不談，加上她認為我有這方面的慧根，所以他願意跟我分享。而我做到第 10 次，身上刮到有一個似是小朋友的模樣出現。之後，他要我到附近一間衣紙舖買一份衣紙，燒給這個靈體。」

於是，朋友便按醫師吩咐去做。「那天我在黃昏時到街邊十字路口燒，在好奇心驅使下，我拿起手機拍照，結果真的影到一個像小朋友的影子出現。由於這種醫治方法比較激烈，加上他要用到電頻在我身上驅去病氣，我真的接受不了。現在我已放棄了，不過也是一種很特別的體驗吧」。

再次重申，這只是一個朋友的經驗分享，筆者不涉及任何推介，因治療方式是因人而異的。

精神科醫生有鬼古

　　過往接聽過不少同時出現精神狀態異常及遇上靈異事件的觀眾來電，但筆者不是醫生，單憑來電者憶述的事件經過，其實也難以判斷是哪方面出現問題。所以一般也只好勸事主繼續尋找醫生協助，如果只相信是有鬼作怪也屬不理智的。而為了令聽眾對這方面有更全面的理解，日前在節目中便邀請了外號叫「小鳥醫生」的精神科醫生到來，分享相關的事情。

　　根據「小鳥醫生」所說，在他的執業經驗中，的確不乏與靈異相關的個案。「曾經有一位想進行由男變女變性手術的客人來診症，因為他需要我們醫生評估，才能成功做手術，而他亦帶了父母過來做諮詢，希望藉這報告說服雙親。後來，他父母二人上來找我解說，他們認為兒子不是真的想做女人，因為由細到大也不見得他喜歡作女性打扮。繼而相信兒子是被女鬼上身，而且更得到一位內地的師傅認同，之後便說可隔空為其兒子驅鬼。

　　可是，不太成功，兒子仍堅決進行手術。然而，兒子感到連醫生的建議也未能打動父母得到認同，最後他們沒有再找我了。以我的經驗，十個認為有鬼搞的求診者，到最後真的屬靈界事件的，也不到兩、三個。雖然我作為醫生，也很相信有異度空間的存在，只不過對一般患者來說，有時也很難自我分辨。」

　　醫生補充說，原來當有些人腦生瘤，而又壓著神經線，他們會很容易聽到有另一把聲音出現，甚至影響嗅覺，從而常聞到一些別人聞不到的氣味，這樣便會構成患者認為自己是撞鬼了。

　　「小鳥醫生」亦分享了懷疑接觸到靈體的經歷。「最近我搬了屋，突然有一晚當我如常在打機時，我的貓不斷向大門位置發出奇怪的叫聲，這是從未發生過的，我只好抱牠到我身邊作安撫，牠很快又回復正常。或者是新居來了個不速之客，只是突然與貓咪有所交集吧。」

拜四角講錯說話好大鑊

　　在中國人的民間信仰中，有所謂「拜四角」的入伙儀式。更準確說，應該是五角，除了東南西北外，還有中央共五方。這個傳統習俗，就是讓本在單位的好兄弟、眾生等知難而退，因為單位已有新的居者，不要再逗留了。

　　不過，這種「拜四角」的儀式，可謂各處鄉村各處例，不同師傅有不同方法，甚至在祭品上用的東西，也未必百分之百相同。而一般來說都是肥豬肉、雪梨、冬瓜、香燭、茶酒等。但最重要的東西，就是一分在衣紙舖可買到的陰契。

　　陰契又如陽間的合約，要在契上寫上居者的姓名、陽居地址，以及採用甚麼價錢買或租該單位，化了這分陰契就是要讓地府知道，這個陽間單位已有了新主人。說到陰契，筆者在千禧年代，對這方面認識有限，曾不小心將自己單位的號碼寫錯了，事後要補做，這件事令筆者成為好友間的笑話，到今天講起他們仍會取笑。

　　曾在節目裡收到一個求助個案，男事主說不斷受到靈界騷擾，追查下才知道他在拜四角時，說了些很不該的說話。「當時我對這方面一知半解，在儀式進行時不斷說，請兄弟們要多多保佑，希望我們一家生活安穩等，事後才知道是不該的。」沒錯，他真的自找煩惱了。

　　其實，拜四角這儀式最重要的意思是，當眾生飲飽食醉後便好離開，所以屋主如向他們祈求甚麼的話，他們便會繼續逗留下來，根本不應該叫眾生們保佑陽人，所以筆者只好建議他再拜多次，正式請走在家的眾生。當然，這個儀式是友好的動作，有些冥頑不靈的會不走。所以，過往入伙會請法科師傅進行拜祭，避免在儀式上出錯。切記，我們要知道在拜甚麼，應說甚麼和不該說甚麼。

馬來西亞孟蘭節

　　不知道大家在農曆七月鬼節鬼門關打開後，有沒有遇到過靈異事件呢？筆者曾在農曆七月十四正日當天，正身處馬來西亞的吉隆坡，拍攝當地孟蘭勝會，這次體驗可謂大開眼界，而且某些形式及習俗，與香港傳統所見可謂大有不同。

　　首先，香港的孟蘭勝會場地多以竹棚搭建舞台，上演所謂「神功戲」，娛樂周遭的孤魂野鬼。而我們從小知道，第一場戲陽人是不可內進的，所以全部都是空凳，看起來也頗嚇人。馬來西亞原來也有近似做法，他們會在路邊搭起一個表演台，表演的並不是潮劇或粵劇的老倌，而是穿上熱褲唱著流行曲的女歌手。然而，在看台的對面馬路，擺放了 13 張紅凳，每張凳都有一個香爐，喻意十方眾生加天、地、人三界的靈，都來共享這台戲，這樣看起來的確有點詭異。

　　另一方面，小時候跟媽媽燒街衣，她會叮囑不要拾地下的零錢，否則會惹上鬼魂，這是我們香港的孟蘭禁忌之一。可是，在馬拉整個氣氛很不一樣，在孟蘭會場上他們會大排筵席，大人小孩像共聚天倫一樣。

　　當然也有法師唱誦經咒及破地獄等儀式。不過到尾聲時，眾人會待法師號令，然後在一條用泥沙堆砌而成的蛇形圖案內尋找零錢；零錢放進家裡，代表受到祖先

的祝福。筆者也入鄉隨俗嘗試尋找，可惜找不到，相信
他們的祖先應該只會祝福自己的後人。

　　整體來說，馬來西亞的盂蘭節，給人感覺是比較歡
欣，對鬼神少了一些莫名的禁忌與恐懼。正所謂「各處
鄉村各處例」，多走到世界各地多看，眼界也會打開。

中環卅間盂蘭會點解要打鬼王

　　執筆之時盂蘭節已過，一眾「高靈人士」應如釋重負，因不少敏感人士表示，當年農曆七月陰氣特別重，孤魂要求特別大。這年的盂蘭節，筆者曾到數個盂蘭場地採訪，例如之前分享過，在筲箕灣球場做儀式時，有位攝影發燒友影到「陰師」的照片。此外，大約在五十年代，中環卅間盂蘭會曾發生集體撞鬼事件。

　　位於中環士丹利街 62 號的卅間盂蘭會歷史悠久，「卅間」是指當年該處有三十間以石建造的平房，那區有不少潮汕和海陸豐居民，盂蘭儀式是他們每逢農曆七月必辦的祭孤魂法會。由於多年前已認識法會主辦人，早已作過採訪。在疫情前，法會較有規模，即使沒有唱戲的大戲棚，也有不少佛、道師傅現場唸經，以及搭建一個十多呎高的大士王坐鎮。

　　但受疫情影響，加上經費不足，以及近年政府對辦法會的種種限制，現時整個規模已大不如前。負責人細哥表示：「我們的搞手年事已高，加上各種不太有利的條件，今年我們只能以最簡單的方式進行，沒有安排唸經，甚至沒有大士王，只有足夠的衣紙，希望盡量保留基本所需，不致令卅間的傳統消失，期望下年可以大搞。」

　　細哥又提到，卅間送大士王的儀式有別於其他地方，是因為一件靈異事件。「當時我只有幾歲，6個大男人將大士王送去火化時，他們6人突然失控，又嘔又瘋瘋癲癲。後來我們去附近問土地伯公，他說部分頑皮孤魂依附在大士王身上不願離開，更上了6個壯漢身上搗蛋。伯公吩咐我們以後燒大士王前，要用竹枝用力打其身，好讓孤魂知道要走了，這個動作是我們卅間獨有，算是很特別的儀式。」

大坑火龍

　　3 年疫情期間，每年一度的大坑中秋舞火龍被迫取消，隨著疫情緩和及社會復常，中秋火龍得以再現大坑。這個已逾 100 年的傳統儀式，據說是當年大坑村民發現有大蟒蛇出現，合力將牠消滅，奇怪是屍身卻消失了。當時村民百思不得其解，之後整條村莊出現大瘟疫，令不少村民病逝。

　　後來有村民自稱收到神明報夢，告知要在中秋節期間在村內舞起火龍，及燃燒炮竹來驅瘟，結果瘟疫真平息了，自此大坑每年便按此傳統慶祝中秋。

　　筆者認識舉辦火龍的單位，今年在他們安排下近距離拍攝，甚至可以一舞龍頭，正因為這次機緣，令筆者對此傳統有更多認識。例如，火龍身上的香，善信可帶回家裡再燃燒，喻意祝福家宅，並有辟邪作用，當中又以龍頭香最受重視與歡迎。另外，舞龍尾有幾十年經驗的大飛哥說：「我們視火龍為聖物，今年我也帶了剛出世不久的孫兒出來，讓他穿過龍身，希望他快高長大，也令他從小認識大坑有這個傳統，可以一直承傳下去。」

　　傳統媒體只會集中報道八月十五晚的熱鬧情況，其實翌日舞火龍的儀式，亦應廣泛報道。在追月夜，火龍仍然在大坑舞動，之後經貨車運送到銅鑼灣避風塘區，

讓主辦單位做儀式後，隨之將火龍拋進海裡去，喻意將龍王送回大海。大飛哥補充說：「火龍進海後不會讓它成為海中垃圾，之後我們會請艇家打撈回來，而他們會將龍身分件，安放在船上用作守護保平安之用，相信這方面不會有太多人知道了。」

舞火龍被列為國家非物質文化遺產之一，值得我們更多了解和認識。

靈異冷知識

預知死亡

Edmond 你好，我叫阿儀。由電台年代直到現在網台年代也未曾試過「交貨」的。

不過數天前與我上司聊天，他跟我說了一個故事，所以便打算跟大家分享一下。

其實我上司的體質的感應力是比較強，有時他的親戚朋友離世，也會報夢給他。

6月19日當日下午掛了八號風球，上司的朋友便在群組中收到其中一個朋友的死訊，他說他朋友在工作期間中風，在元朗某間醫院搶救不治。他的同事一直聯絡不到他的家人，直至晚上十點才找到。我上司其實都好想到醫院見他朋友的最後一面，但因為八號風球的緣故，所有交通停駛，所以他朋友離世時家人朋友也不在場。

上司回想起一年前他發了一個夢，在夢中他看見他自己和母親的面前有兩個墓碑。一個是他爸爸的好朋友，不過在現實之中這個人經已離世。而旁邊的是他爸爸的墓碑，但他爸爸還健在的。上司用手摸一換墓碑，知道死亡日期5月18日，他知道後很傷心，夢醒後便把這個夢告訴給母親，但一直也不敢把這個死亡日期說出來。

因為上司的爸爸之前也曾被算出有 75 歲的命，但他現在已是 76 歲，上司雖然很擔心其父親，但也不知有什麼可以做，　而上司亦因為工作太忙的關係把此事忘記了。

直至八號風球他朋友中風去世當晚，上司再看看月曆，原來正正就是農曆的五月十八日，

當時我上司也打一個冷震，到五月十八日真的有人去世，不過不是夢中所見的父親，而是自己的朋友。幾天後上司便去了父母的家上香給祖先啦，他認為可能是祖先保佑，他父親才能逃過一劫，同時他父親本來約了下個月去洗牙，但突然間六月有空位才能提早洗牙，可能是這個原因破了個血光之災。故事分享到這裡，有機會再分享。

寵物狗的靈異事件

Hello 潘先生，想分享關於你的聖木四葉水。

　　我家中有兩隻狗狗加一隻小貓。其中一隻狗狗的名字叫 Kate，牠有敏感體質。為什麼這樣說呢？那就要說到七年前的一件事。我們家附近有一條山徑，經常帶牠去行山。但有一次，走到去瀑布附近的位置時，牠對着空氣不斷很凶惡的吠叫。當牠在吠叫時，我即時雞皮疙瘩，由腳底去到頭頂，感覺不太好。我立即帶牠回家。

　　這件事情之後，牠在家中變得很不尋常。當家裏沒有人時，他會不斷搗蛋，家中所有物品都被牠弄亂。又會把牆壁爪破，把自己弄傷。如果家中有人，就會正常很多。但到半夜，牠會在床上不斷顫震，神不守舍，怎樣安撫也沒有用。我本身沒有想過是跟瀑布那時有關係。有一次我把牠的照片給我朋友，拜托他幫我傳心，問問牠到底有什麼問題。朋友說牠看見一名女靈體，那靈體在兇牠。她用很尖銳的聲音在牠旁邊大叫，所以令牠很害怕。

　　之後，我把這片段給我親戚看。他之前是學習過做法的，他也認同有東西在兇牠。我問他可不可以幫 Kate 封眼，但他說狗狗的事情他幫不了。可能這是天生的，弄也沒有用。不過之後我生了女兒，家中就多了一位工人姐姐。家中長時間有人在，所以情況比較好。

但有時候牠還是會在半夜不斷抖震。

　　再過了一段時間，因為某一些事情。我親戚給了一道符貼在大門口，Kate 已經不再抖震了。但有一次在凌晨一兩點時，牠震著爬上床。我就念著觀世音菩薩的發號迴響給眾生，又發了些紅光給 Kate，但都沒有用。我突然間想起你的聖木四葉水，於是我拿它噴在 Kate 的天靈蓋上。噴完之後，很神奇的沒有再抖震了，亦沒有再跳。很安靜的睡到早上。說了這麼多，其實都是想告訴你，你的聖木四葉水真心厲害。好了，我分享就是那麼多了。

問米阿姑

　　大家好，數天前收聽第 344 集，聽到你們說「中山阿姑」，其實我有兩位親戚也是從事這個行業（問米阿姑），但她們不是來自中山，我家鄉也有不少人做「問米阿姑」的。本來我也是半信半疑，不過有時真的不得不信，便說說比較近期和結婚有關的事情。

　　當年我結婚，家人請了其中一位「問米阿姑」來喝喜酒。擺酒前的一天，她突然說要拜神及請示男家的祖先，我並無任何宗教信仰，便叫她安排。這位「問米阿姑」便簡單替我們買了些茶水、生果、雞、燒肉，我們上了炷香、燒了紙錢。細節我也沒有大多理會，簡單問了男家居住及祖籍何處之類。由於我也不太清楚，所以便給了奶奶住址給她，然後她便開始唱歌，唱了一會兒便說：「細婆要食煙，舅父想喝酒！」那一刻我真的呆了，因為未婚夫的公公真的有兩位老婆，而她老公的婆婆便是「小媽」，也真的很喜歡吸煙，他們也真的稱她為「細婆」。至於舅父已去世多年，老公也很少提及到他，所以也不知他是否真的喜歡喝酒。

　　沒多久這位「問米阿姑」便說「細婆」和「舅父」已吃飽，說了一句「多謝」，於是便走了。而另一位親戚，他在內地亦很有名氣，也發生過一些事情之後可以分享一下。有一年的暑假，我們在家天天看著他幫人問米，之後有機會再跟你說。

路上遇到神棍

　　Hello，Edmond。我是付費會員，有一件不算太靈異，但很怪異的事件，想和大家分享一下。

　　在有一年的年廿六，我下班的時候，去了一家水晶店打算買鼠尾草在新年用的。突然間有一名自稱是師傅的人問我相信鬼神的嗎？我說我相信的。他立即告訴我，我一直有靈體跟著。那一刻我很害怕，但最後發現他是騙人的。

　　因為當我在買鼠尾草的時候，售貨員問為什麼要買。我回答想要潔淨頌缽，加上之前我用不到鼠尾草，在點的時候感覺很難受。我的頌缽師傅卻說更要點鼠尾草，因為這樣代表我氣場不好。可能我在說這段話的時候，被那個風水師傅聽到，所以他才騙我。他還說他有清屋服務，我內心卻在罵他。

　　我表現還是很冷靜，這也不是我第一次被騙的經歷。不過還是有點怕，於是我立刻回家。再找熟悉的風水師，看看我家的風水，他卻說我家真的有問題。

　　在路上突然遇到神棍，真的要冷靜。冷靜過後，要想清楚他說的話。這就是我的分享。

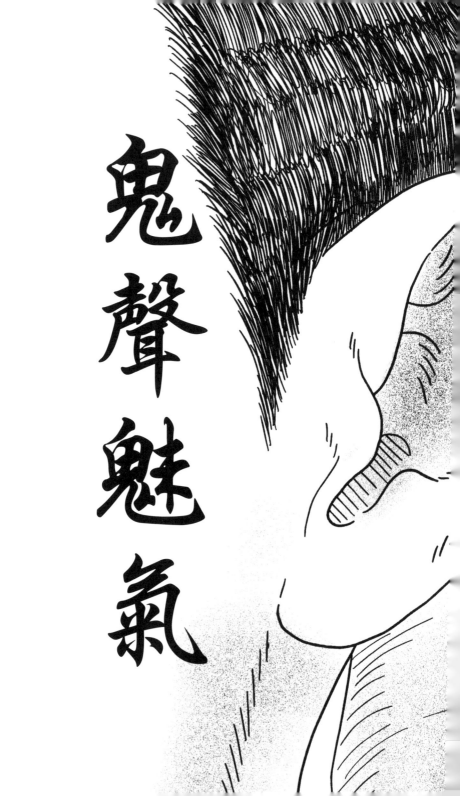

鬼聲魅魑氣

坐過紙紮車咁堅？

有關紙紮車的靈異事件，筆者多年的聆聽經歷，偶然也會接觸到。最普遍莫過於是在公路上，看到紙紮車以高速掠過。亦有聽聞先人會報夢出現，夢境中所駕駛的車子款式，正是後人燒給先人那款。然而，最近卻聽到一名觀眾報料，她自稱親身坐上過一輛紙紮的士，聽起來很不可思議！

女觀眾憶述大約發生在 40 多年前的事件。「那天黃昏放工時間，因為正是做冬的日子，我要從土瓜灣真善美邨接我的小朋友，然後過去樂民邨與媽媽吃飯。由於比較趕時間，即使兩個地方相隔很近，我決定乘的士過去，一般來說，這段路程不用跳錶。不久，我看到一架的士駛過，我便示意要上車，但的士司機看到我之後，又繼續向前行駛，我再走前，司機又像停下來，他的奇怪行為令我不知所措，究竟他想不想接我呢？最後，我順利上車，然後交代要去的地點。」女觀眾很熟悉車程應走的路線，但那司機卻選擇行另一條路。「我見到他行錯路，心裡還想是不是因大節日，想兜路多賺車資呢？而且我趕時間，所以帶一點憤怒語氣質問司機，他以一把沒生氣的怪異聲音回答，叫我付平常應該付的車資就可以了。」

「此時，我嘗試透過倒後鏡看他的樣子，但總是看不到，而且他一直用左手放在耳邊，像不想讓我看到其

面貌似的，總之他的行為非常古怪。突然間，他在一處不能掉頭的地方，將車子轉方向，我給他突如其來的舉動，嚇得不知所措。」女觀眾稱，她當時憤怒得拿出紙及筆來，準備抄下其車牌資料，以作投訴之用。「到了目的地時，車資大約 12 元多，他本需要找錢給我，但他不知是故意還是甚麼，花了不少時間在找碎錢，我等不及下車算了。下車後，我看到的是架紙紮車，它比實際的士細小一點，而且車身是彩色的。我真的被嚇得不能立即走動，過了一會我才能急步跑回家，之後激動得嚎哭起來。」

在一個大節日的黃昏放工時間，竟然坐上一架紙紮車，也是這句：「信不信由你。」

恐怖電郵《有心人》1

　　網上靈異節目《恐怖在線》踏入第 15 個年頭之時，為了隆重其事，加上天時地利人和之安排，所以決定在萬聖節期間舉辦一連 20 場名為《有心人》的舞台劇。劇本改編自節目中一個叫「恐怖電郵」的環節，這個環節讓觀眾們用文字分享靈異經歷，再由筆者透過聲音演繹。

　　大約在十多年前，收到一封千字文電郵，內容大概如下：一位於尖沙咀區開酒吧的老闆娘，經朋友介紹下聘用一位 30 多歲的男酒保，因為當時他剛喪妻，想轉換工作環境。男酒保比較沉默寡言，但工作態度還算不錯。有次老闆娘在駕車回店途中，竟然看到該酒保身旁有一位美女伴，女的表現很親暱，老闆娘頓時覺得他太忘情，太太屍骨未寒就另結伴侶，對他的印象亦大打折扣。有一晚，老闆娘在酒吧一角，看到當日依偎在酒保身旁的女士，不過她卻穿著一件破爛的名牌外套，老闆娘心裡不禁說了一句：「竟然讓女朋友穿上這樣一件衫？」

　　自從酒吧請了該酒保後，店內經常出現靈異事件。例如：VIP 房內的卡拉 OK，在沒人情況下會自動播放，但奇怪的是，每次也會播出張國榮的《有心人》。這個情況持續出現，老闆娘開始覺得有點奇怪，至於最靈異事件，就出現在一次員工聚餐時。

那夜，他們一行 14 人包了房，一起打邊爐，不知為何其中一張枱多了一張空凳，枱上的碗筷亦沒有被收走。當餸菜送到來的時候，竟然三番四次多了一碟羊肉餃子，在場眾人中，只有酒吧老闆以及那個酒保吃羊。而老闆由於平日沒有機會吃到羊，見到有羊肉餃子便吃得很興奮，酒保只能吃到數隻羊肉餃子。

當大家問道：「誰叫羊肉餃子呢？」侍應回覆：「就是那位小姐。」眾人一看那個位置時，全部目定口呆，因為根本沒有人坐。其時，酒保好像領會到是甚麼一回事，眼角開始流下眼淚⋯⋯

恐怖電郵《有心人》2

　　上文提到早於十多年前，筆者曾在節目中分享一封感人的觀眾電郵，內容大致是一位酒吧老闆娘，請了一位剛喪妻的酒保，酒吧連番出現怪事，在無人的卡拉OK 房，經常會自動播出張國榮的《有心人》，而且常見到一個陌生女子在酒保身邊。

　　後來酒吧職員在一次聯歡聚會中，不斷有人叫羊肉餃子，原來是酒保已過身的太太知道酒保很愛吃羊肉餃子，暗中為他下單，酒保知道太太根本沒有離開過，即場聲淚俱下，亦嚇驚了在場所有同事。

　　自那夜出現「羊肉餃子」事件之後，似乎真相已大白了，本來高高興興的氣氛變得充滿鬼魅。老闆卻突然向酒保說：「我載你回家吧！」老闆娘表現得非常錯愕，他們三人一路上沒多對話，而酒吧老闆夫妻倆當晚也不敢回家睡，改了去酒店過夜。

　　然而，兩夫妻不約而同竟然收到酒保太太報夢，讓他們看到酒保夫妻二人相識、相處及結婚的過程。醒來後，老闆夫婦一同淚流披面，同樣被感動了。

　　不久，酒保決定辭職，老闆夫婦決定為酒保太太做了一場法事，希望她真的可以放下，讓酒保好好繼續餘生。

　　而舞台劇《死鬼老婆》便是以這個感人故事改編，
將於 2023 年 10 月 20 日在壽臣劇院上演。

文物館前職員爆有怪事

　　喜歡靈異事件的讀者或者觀眾，相信一提到元朗屏山這個地方，第一時間會聯想到荒廢已久，之後傳出一籮籮靈異事件的達德學校。筆者要說的地點並不再是達德，而是在附近的屏山鄧氏文物館。此文物館由 1899 落成的屏山警署改建而成，已有過百年歷史，究竟傳出有怪事是與其歷史背景有關，還是有其他原因呢？

　　這次在文物館遇到靈異事件的，是一位前女職員。「我是一位女保安員，有一天女同事送我一對芥辣黃色平底鞋，是妹妹買給她的，可是尺寸不太適合，便拿給我試穿。我看了一下，就先放在附近一個環保回收箱內。大概一個月之後，我心血來潮想試穿，竟然尺寸剛好配合。可是，我在那個小小更亭內，突然遭受到一股無形力量將我撞出外面，即時倒地受傷。當時有一對情侶見狀，立刻走來扶起我，好彩我只是皮外傷。但這種突如其來的古怪力量，使我感到很不尋常，我便立刻除掉那對鞋，赤著腳返回更衣室穿回自己的鞋，自此之後，我將那對古怪的鞋放回環保箱好了。」

　　筆者聽到她描述後，不能確定這次靈異事件是否與那對鞋有關。但保安員補充說，這個地方曾經出現過不少靈異現象。「之前試過有同事當夜更，去到一個很陰暗的通道，突然看到一個全身黑色的人形物體，該同事嚇到翌日立刻辭職了。」

另外，亦有夜更保安員在巡邏時，要身攜唸佛機來壯膽。

之後在節目有一位女觀眾補充說：「我的兒子自小有陰陽眼，有次我帶他去元朗屏山這個地方，當我們到了一個像圖書館的地方參觀時，他突然很害怕地說，有個如煙霧的人衝出來，他哭著要離開。」

百年歷史建築，加上屏山一帶布滿很多祖墳，有這些現象也不足為奇。

靈異舞台劇

每年踏入農曆七月，亦是所謂鬼月，是通常筆者一年中最忙的月份，作為靈異事節目主持，所有觀眾都很期待在節目可以看到更多有關盂蘭節的資訊。

當時隨著今年社會慢慢復常，已停辦了 3 年的大型盂蘭超渡法會也得以復辦，在不少地區的空地或球場，可重見昔日為盂蘭法事而搭建的祭台、燒給孤魂的紙紮用品，以及表演台等。

還記得在 2017 年，邀請了一位攝影愛好者張哥到節目分享，他曾在筲箕灣盂蘭節場內影到一張相當可信的靈異相片。「我很喜歡用相片記錄一些歷史文化，而香港的盂蘭文化，是獨特和唯一的盛會，所以那天我便到那裡拍攝破地獄的儀式。一眾道士會在瓦片上點起油火，我就站在旁邊捕捉起火的一刻。豈料，當我回家看其中一張相片時，竟然出現一位像穿上官服，身形巨大的一個半虛實人形，我給過很多相關人士觀看，他們也認為是影到一個神明之類的東西，所以我決定帶到節目與觀眾分享。」事實上，筆者也認為這張靈照很真實，算是看過眾多類似的相片中，最可信的一張。

執筆前，筆者趁著筲箕灣盂蘭盛會重開，希望可以親眼一看這個儀式。巧合地張哥亦在場，我們當然再次

討論這張相片。「其實，你有所不知，自從我影到這相片後，運氣一直不太順，我不知是否有關，不過也是一種緣分吧！」筆者對張哥所言未敢落下任何判斷，但作為喜愛研究靈異事件的人來說，這張相片有一定的參考價值。筆者會再到現場拍下相片，逐一細看有否進一步發現，再向各讀者交代。

鬼聲魅氣

示範單位 鬼異鬧鐘

Hello 潘生，今次想分享一個鬼古。

　　幾年前我在一個有三個字的離島工作，主要都是賣樓的。當時有一個樓盤是複式單位，剛好因這工作認識了男朋友。每日示範單位開放至傍晚六點鐘，職員六點鐘前會清場，確保示範單位裡沒人後便鎖好門窗。由於當時處於熱戀期，加上香港土地問題，我們選擇了在樓盤示範單位二人世界。

　　當天約七點鐘收工，我和男朋友都會確保所有同事收工，才回到單位。單位是複式的，裝修好，也有傢俬，主人房在二樓。所以我們二話不說衝上二樓，開始我們的二人世界。大家都明白的，過程到一半的時候，電話鬧鐘突然響起。電話放在茶機位置，很掃興，走去熄掉它。我確確實實看到頁面顯示了鬧鐘，我還關掉了鬧鐘，情到濃時沒有想太多。但完事後我再看電話，發現鬧鐘設於晚上七點多，重點是我平時不會設定七點的鬧鐘，沒有可能會七點鐘響。

　　最詭異的地方是這鬧鐘，鈴聲不是我平時用的，我平時用最簡單的鈴聲，但當時的鈴聲有旋律的。我越想越害怕，可能靈體不希望我們在單位裏甜蜜，所以警告我們離開。最後我們沒有留低，以後都不敢在單位裏甜蜜。

其實這地方都頗猛鬼，因為這島是由山頭開闢而成，而我們這樓盤都遇過些靈體，而我男朋友都在這島上遇過幾次，都頗心寒。

他晚上收工時在幾十層樓高的新樓盤，聽到有一班女人有講有笑，但當時來睇樓的都已走掉，升降機已停，走火通道都關掉，根本不會有那麼多人在裏面。

靈異女聲事件

Hello 大家好，我姓黃的。

　　這個個案是一般所說的被鬼砸事件，話說在二零零九年七月份的某星期四下午，當天考完試就比平時早回家，剛好覺得有點感冒，所以回到家就躺在沙發上休息。睡到五點半左右，看見天空開始慢慢變暗，看看手錶，距離到樓下學結他還有一段時間，想說再睡一會，當我轉身看著沙發背後的時候，沒多久我耳朵開始耳鳴，非常大聲，大得有點刺耳，當時我還沒意識到發生什麼事情，只是覺得很不舒服。

　　於是我準備打開眼睛，轉身看看有什麼事，但無論多用力，也打不開我的眼睛。而我的眼皮也開始發抖，我看著沙發背面，耳鳴的聲音開給轉變成溫柔的女人聲音，跟我說：「過來吧～過來吧～」當下我才知道自己中招了，但奇怪的是我沒有什麼害怕的感覺，同時我感覺自己好像飄上了沙發，因為感覺身體和沙發的接觸距離好遠，同時感覺自己飄離了沙發，因為如果睡在沙發上，總會感覺到一些暖和的感覺，但我開始感覺不到，一直聽著女人在呼喚我，過一會又換成男人的聲音，同樣聽起來很年輕，但聲音很兇，他說：「叫你啊！叫你啊！」

　　隔一陣子，我的雙腳又可以動了，踢一下聲音就全部消失了。這個經歷真的是人生難忘，這次先分享到這裡。

靈異幻覺事件

　　Edmond 大家好，因為最近疫情關係，整天在家沒什麼做，一到晚上就會打開恐怖在線收看，有一次聽你講到華富邨華樂樓 220 的空置單位，其實我由幼稚園開始，都是住在這棟大廈 238 單位，一直到我讀完中學出來工作。我自己沒有親身的靈異經歷，但小時候做功課，常常面向這個單位的門口，真的有見過一些古怪的東西。我見過一些白色、黑色和紅色的東西在那個門口飄過，是靈體還是什麼我就不知道了。

　　以前的屋村，通常會有一張門簾，簾以上的東西我可以看得到，以下就不能了。初時看到白色的以為是膠袋飄過，但再出去看看，又沒有發現什麼。過一陣子開始有黑色的東西出現，最後還出現紅色，我真的沒膽量出去看，我就叫媽媽出去看看。我問她有沒有紅色布或者膠袋飄過，她說什麼都沒有，之後我再看到這些東西飄過都不管了。

　　你所說的 220 單位，其實我以前有位親戚也住過，因為是鹹水樓的關係，房屋署需要低層單位全部搬走，直接搬去華貴邨，搬走的單位最後全部變成隔空的，已經空置了。

　　為什麼只有 220 沒有拆掉我就不知道了，最後我們一家人也搬到華貴邨住，而我自己就在 2009 年結婚後搬到華貴邨，還有你們提到的晨曦學校，我記得以前這間學校的老師，都會帶學生經過我家門口回學校，我知道的只有這麼多，其他的一無所知，希望這個電郵能幫到你們吧！

靈異雪櫃螢光貼紙事件

潘生你好，今次想分享自己第一次遇到靈異事件，大概在我小時六七歲左右的時間發生。那時候很喜歡玩螢光貼紙，有一天，放學回到家中，見到原本貼在冰箱側面的螢光貼紙沒有亮了，家中只剩下哥哥和我，又沒有什麼東西可以玩，於是忽發奇想，不如把貼紙貼到冰箱裡面。當時冰箱已經壞掉了，門亦關著，但裡面還有些餘光，所以想說貼在裡面，晚點再拿出來，看看會不會把光弄回來。

我們的冰箱放在大廳的，當時沒有開大廳燈，只開著廁所燈來照亮大廳，而我就在冰箱側面撕下貼紙給哥哥，哥哥就把貼紙貼入冰箱內。撕得差不多了，當我遞完給哥哥再準備撕其他貼紙的時候，看到冰箱旁邊，有一個半透明的人臉出現在我眼前，一直看著我。

雖然他是半透明，但輪廓非常清晰，是一位中年男人來的。當時年紀還小，面對突如其來的情況，根本不會反應。然後開始看到他慢慢露出牙齒，「嘻嘻」「嘻嘻」的笑著，笑聲在我耳邊聽得很清楚，這個笑聲不是進去耳朵的感覺，而是直接傳進腦袋的感覺。

當時嚇到我「呀」一聲大喊出來，哥哥也被我的叫聲嚇到，問我發生了什麼事。我害怕地指著冰箱說：「有張男人臉龐在這裡。」我哥哥看過去當然什麼都看不

到，之後我們就停下來不玩了。當然這件事與這張貼紙無關，是這間屋的問題。因為我生存了這麼多年，只有在這間屋見過鬼，這次先分享這件事給你們。

與墳同住

Hello Edmond! 昨夜看到你們到了屯門做直播，其實我也想回應一下關於屯門的靈異事件。

我曾經在虎地的「倚 XX 庭」居住，這屋苑的大閘旁邊正正有一個「椅背形」的大山神。

從家裡看出去，也大概看到有六七個山神的。其中一個在小學旁邊的，感覺很有規模，像新的一樣。像是大戶人家的墳，安置了不少先人在此。

我的家是向南的，有一個露台，也位於高層位置，空氣理應十分流通。但不知道為什麼，我無論在露台種植什麼植物，其葉子也會很乾很黃。我試過種一些草莓，也很快就枯萎。

至於靈異部分是這樣的，有一次我由房間走出客廳，正當我走出來的時候，我眼尾看見有一個白影從客廳飄入房間。初時我以為是我家裡的工人，但入房查看的時候竟然空無一人。

這個屋苑是屬於單棟式的，單位也算是大，也有露台，幾年前購入的時候價錢也十分之低。但有一件事很奇怪，這裡的人流動性很高的，好像沒有什麼人長居於此。

　　我住了兩年，隔離的兩個單位也經常換業主／租戶，住的時間比我還短。其實我還有一宗靈異經歷於大興發生的，下次有機會再跟你說。

拜橋改運

大家好，我姓張，這是我第一次在群組裡說出我的靈異事件。故事說得不好的話希望大家不要介意。

想問問大家，有沒有聽過拜九灣擺渡橋改名一事？記得幾年前我真的很倒霉，不但惹上官非，而且有時也會看到一些鬼影，但我由小到大也未曾看見的。 所以我找了個算命師傅助我趨吉避凶，師傅竟說我被下了降頭，至於是什麼降便未能肯定。他說我命硬，本身時晨已到，幸好已化險為夷，但要「改名」和「改命」才可得救。

至於如何「改名」便是要在每晚十一點鐘開始在每條橋的橋頭拜一拜和燒衣紙，叫「他們」接收，然後再由橋頭走到橋尾，沿路不能回頭看，否則等於沒拜過。這個做法意指把所有不好的事都放下了，總共要拜九條橋。拜了九條橋之後還有九個灣，再走一條大直路便上車走。 拜之前師傅再三叮囑無論發生什麼事也不能回頭看，也不能找人陪伴，否則便會把所有惡運轉嫁給對方。

記得當晚拜第一、二條橋時是十分順利的，燒香和燒衣紙時都燒得很快。當我低下頭燒香時，突然看見旁邊有一對腳，感覺「他們」看了一會便跑走了。但師傅說過，鬼應該是沒有腳的，所以我並沒有多加理會。當

我拜另一條橋的時候，前方又有另一對腳，而且「他們」默默的看著我。其實我拜的那條橋，是於高速公路旁，附近是沒有住宅的，而且那個時間點應該是沒有人的。當我拜最後一條橋的時候，條橋是在馬路邊的，不知道是否大風的原故，一燒香便熄了，根本便點不著，最後要使用防風火機才能把它燒著。

幸好師傅說沒有拜錯，不過當晚也發生了很多奇怪事，當晚我拜完便打電話回家，當時大約是凌晨一兩點左右，怎料媽媽跟我說我弟突然在家發瘋，不知道發生什麼事。事後她跟我說，我弟當時好像被鬼附身，更把風扇打爛。

所以我把故事說出，看看有沒有人知道「拜九灣擺渡橋改運」一事。

親切問候

你好 Edmond，我們一家都是你節目的觀眾，聽你的節目也算是我們的家庭活動了，這是我第一次與你分享我的靈異經歷。

記得其中一集 AP 去了港島一間大酒店附近靈探，而我的家便在附近。

第一次發生在我身上的靈異事件是大約在我中學時期，那天我記得大約是晚上十時多，當時我母親已是熟睡狀態，只有我在客廳看電視，我坐的那個位置，可以清楚看到兩側的物件，我也十分肯定大家已經睡了。我坐在那裡梳化，右邊面是貼著牆壁的，我記得我在看清談節目，主持和嘉賓三位都是男士來的，突然有一把女聲在我右邊耳朵說：「唔好阻住姐姐馴教啦～」雖然這位「姐姐」語氣十分溫柔，但由於我真的太害怕了，所以我立即便關掉電視，跑上床睡覺。之後還有兩次類似的事件。

其中一晚，大約午夜十二時左右，我躺在床上打電動，突然聽到一把聲音，我印象中是上次的那把「女聲」，她跟我說：「喂！你好馴教啦喎！」然後我才醒覺現在已到深夜，而且明天還要上學的。

　　還有一次我失戀，十分傷心，便跟我母親一起睡，但到凌晨三點鐘還未入睡，突然間我看到有個黑影走到左邊，站在我母親腳上，頭部還頂著天花板，他對我說：「你幾好嗎？」嚇得我心驚膽戰，之後我也不知是如何睡著了。

　　雖然事後回想起，覺得這些事年好像也挺溫馨，但家裡忽然有一個「人」出來問候，說不怕也是騙你的！下次再與你分享其他事吧！

「自動」打字機

Hello Edmond，我想回應 第 3438 集劉生在金鐘海富中心的經歷。我曾經也在那兒上班，就在快餐店那邊。 不知是否同一座，若相同的話，我上班的地點應該也只低幾個樓層。

不過 2011 年起，對面有一座建築物，門口好像開了一個洞的那幢。自從那建築物建成後，不知何故，很多人便陸陸續續搬離開了。說到這裡，心水清的觀眾都可能知道我想說什麼了。

至於這宗靈異事件，先說說「報料者」的背景，他的身份和職位，再加上我對他的認識，他並不是喜歡吹牛的人，所以此事的可信程度也挺高的。

第一件事是他的親身經歷，由於我們的寫字樓佈局是「回」字型的，加上原圖則的那個後門，以及後樓梯和走火通道，所以整個辦公室有很多走廊的轉角位。有一次在傍晚八時多的時候，大部份人也都下班了，他在自己的位置，然後眼尾看到有個身影很快地轉了到走廊的轉角位，隱約看到對方身穿一身白色長袍，自然便認為對方是一位女同事。

他找了一位還在辦公室的同事求證，問他知不知道今天是否有女同事身穿白色長裙，答案當然是沒有！而且礙於工作性質及職級，大部分同事也有特定的衣著打扮，而文職的同事在這個時候多數已下班。

另外他也分享了其他資深同事的一次經歷，雖然大家都只是抱著「打工仔」的心態上班，但遇到緊急情況，大家還是需要加班趕工。有一次，有一份文件趕著要送給客戶，有幾位同事工作至凌晨一點，那時候電腦還未十分普及，那幾位同事用的是打字機，會發出「撻撻」聲的那種。

當他們離開處理其他文件的時候，打字機居然繼續發出「撻撻」聲，繼續在「打字」，當中有幾位同事看到目瞪口呆，其中一位比較大膽的同事說：「得啦，我哋知你喺度，唔使表演比我哋睇啦！我哋仲有好多嘢做，唔好阻住我哋收工！」接著那台打字機果真不再打字，這次先分享這些吧！

夢裏的小朋友

你好，Edmond。其實看了你的節目很久，這是第一次「交貨」。這是我的親身經歷，發生在 5、6 年前的事。

我和我的前女朋友住的距離比較遠，一個月中總有幾天會在她家裏過夜。她住在公屋，只有一個房間。她有一個女生朋友偶爾會去她家裏睡。

有一天，我下班去了她家，食完晚餐後和她朋友一齊去打遊戲機。由於我明天需要上早班，所以大概一點多就先在沙發上睡覺。當時我做了個夢，夢境很真實。我看到自己在房間裏，前女朋友和她的性女朋友在睡覺。突然間有一名小朋友坐在床上，我很好奇為什麼無故會有一名小朋友出現。他看到我醒了，就過來拉著我說：「哥哥，可以陪我玩一會嗎？」

於是我陪他玩到我前女朋友和她女性朋友醒了，卻聽到有聲音叫我：「為什麼你還在？已經四點了，你不用上班嗎？」我突然間驚醒過來，看了眼時鐘，真的是下午四點。

之後我跟她們說，那天我真的以為我已經醒了。她朋友問我夢裏的小朋友是男生還是女生，我猜是男生，3-4 歲左右。於是她拿出手機給我看，我一看到照片

就嚇了一跳。因為跟我在夢中見到的小朋友是一模一樣的！

　　這個朋友說，其實這個小朋友是她的兒子，但 2 年前已經離開了。她覺得我跟她有緣，而且我們是同年同月生日的，這一次連她的兒子也看到。不過還好知道這個靈體是她的兒子，或者他真的悶了想找個人陪他玩耍。說也奇怪，過了那次之後就沒有看見他了。

　　還有其他故事，下次再與你分享吧！

過世親人的關心

你好 Edmond，聽你的節目很久了，今次是第一次交貨。

這個故事是我媽媽說的，她還沒來香港的時候，在我爸爸老家廣東鄉下住了一段時間。這個故事就在我嫲嫲家中發生的。我媽媽在家中排第三，她還有一位大姐，就是我姨媽。有一次她來廣東探望我媽媽。我嫲嫲家是在 7 樓連天台，一梯兩伙的舊式唐樓，樓底蠻高的。

事發當晚，我媽媽和姨媽一起睡，床是靠窗邊的。媽媽是睡在牆那邊，姨媽就睡在床的另一邊。還在睡覺中，姨媽突然叫醒媽媽說不如我們交換位置睡。媽媽問為什麼睡得好好的要交換位置啊？什麼事情啊？姨媽說窗外有位伯伯看過來，鬼鬼崇崇的，她很害怕，睡不了。我嫲嫲是住在 7 樓的，而外牆沒有位置可以站人。明顯是看見鬼魂，我媽媽就去看窗外，但什麼都沒有，所以她同意交換位置睡。

第二天媽媽問姨媽，他的樣子是否如相片中的人。其實那是我爺爺的照片，我媽媽認為，可能家裏多了個陌生人過夜，爺爺是沒有惡意的觀察一下。之後媽媽說我爺爺其實很喜歡我，對我媽媽也不差。奈何他離開得早，我出生不久後他就過世了，所以我對他完全沒有印象。

　因為我爸爸的家族是天主教的，爺爺的大頭照就放在家中大客廳，很大一張。當我長大後，每次回鄉下都向著照片鞠躬。我常常覺得不論我走到哪裏，他都會看着我，有時候都會害怕。

　每次回鄉下都會聽到大人說的靈異故事。直到遇見我公公，才知道他很精彩。他不是高靈人士，但是他常常能感應到。有時候見到照片或影片都能感應到，而我們什麼都感應不到。所以會叫他圈給我們看，他會說這裏有那個也有。說真的，我也不想能感應到。這次就分享到這些吧。

爺爺的不捨

　　Hello 大家好，今次我想分享一宗 20 年前發生的靈異事件，就在我爺爺出殯期間發生的。

　　爺爺從小到大都特別疼我，我們一起住在葵涌的唐樓。出殯前的那一晚，爸爸和姑姐他們一起收拾爺爺的遺物，打算出殯那天作陪葬品。收拾了一些衣服和帽子，爸爸突然說：「把一副十五湖帶給爺爺吧。」於是大家幫忙尋找，已經把全家和房間都找過，但還是找不到。爸爸說：「沒可能的，平常一直放在書枱右邊抽屜裏，為什麼突然不見了？」雖然每個人都找過和打開所有抽屜，還是找不到。我也加入一齊找，我一打開抽屜，那副牌就在我面前。大家都覺得很奇怪，因為全部人也找過的。

　　之後還有，上山的時候，在中午時間一班親戚坐旅遊巴回去爺爺家樓下。車子到了之後，所有人就下車。我卻看見旅遊巴最後一排的窗口只關上一半。就在那刻，我看見爺爺面無表情坐在最後一排的窗口位置上。他看着前邊一直沒有下車。其實當時我已經哭了，我用手敲響車廂和爺爺說爺爺要下車回家了。我將這件事告訴了爸爸，回頭已經看不見爺爺了。

　　回到家中，大家吃完晚飯，在晚上我經過爺爺房間的時候，看見兩隻手掌這麼大的飛蛾在房間飛出來。這

隻飛蛾是一半黑色一半白色的，蛾身圍著螢光綠色的。
之後就飛走了。總之我覺得這件事像是爺爺一直看著我
們。

　　我就分享這麼多，我覺得非常真實的。

鬼同你唱 K

Edmond 你好，我是廣州的觀眾，我叫阿傑。我想分享一件在上年五月發生的事。

五月份是假期來的，我和我的朋友剛燒烤完打算去唱「卡啦 OK」，我們找了一間價錢相對便宜的「K房」，而且也有自助餐和宵夜。我和女友閒時其實也會去唱歌，在網上看到這家價錢很吸引，而且也可以有自助餐吃，其實想來很久了，但不知為何我女友好像不太願意（稍後我再補充原因）。

我們一行六人大約在晚上十時多便到達後「K房」，內裡裝修都挺大的，有很多房間，但其實那個地方是旺區來的，但不知為何當晚很少人。我們房間的走廊是拿食物必經之路，而其實當時有多少人我都可以一眼看到，成個「K場」有的人也不夠十個八個，少人得奇怪。不過我們也沒有理會太多，繼續唱歌，到晚上十二時多，怪事便開始出現。先補充一下，我們是可以用二維碼點歌的，屏幕上會顯示微信的用戶名稱及頭像加入了這間「K房」。我唱到一半，不知為何出了一首八十年代的歌曲，我們完全沒有聽過這首歌，也不認識這首歌，所以感覺十分奇怪，全場所有人也沒有點過這首歌，初時以為只是有人點錯，按「切歌」便算了。誰知每唱兩三首歌，這首沒人點唱的歌又再彈出來，而且在歌單中並無顯示有這首歌，如果用微信點歌的話也會顯

示所點歌的人的頭像，於是我們便看看到底這首怪歌是誰人點的。當這首歌出現的時候，我們竟然看到是屬於一個「問號」的頭像，一個空白的微信帳號。然後我們再查看已加入這 K 房間的帳號，發現其中一個就是這個「問號」的頭像，令在場人士都心驚膽戰。

其實這個唱 K 系統很多地方都有用的，之前用也從來沒有這個情況。之後我便和我女友說，難道這裡發生過什麼怪事？原來她一直也覺得這個地方有點古怪，廣州的朋友可能也知道，這裡是成珠樓的舊址，至於成珠樓發生過什麼事，相信大家上網搜尋一下便會知道了。而這個情況在當晚一直維持著，我們幾人懷疑我們身處這個 KTV 的地方便是成珠樓的舊址，而成珠樓發生的那件慘劇便是發生在八十年代的，而現在出現的那首歌又是那個年代的，莫非「他們」想和我們一起唱歌？然後我們便開始聊起當年發生的靈異事件，怎料愈說愈興奮，雖然其實也很害怕。其中一位朋友，他進來 K 房後一直都是面向門那邊的方向，他看見整晚都有人在門外走來走去，但其實這晚的 KTV 真的很少人，也很少人到外拿東西吃。

我們大約凌晨一點便走了，我們在 K 房一直聊，怪異現象也一直出現，那個「問號」的微信頭像也一直存在，那不知當時那來的勇氣繼續留在那裡。

以上便是我的分享了，希望將來可以有機會一起靈探！

痴情公公現身盼與老伴落陰間

Hello，Edmond，你好 。

今次想分享一個關於夢境個案。雖然我知道你不太想說夢，但我認為這個是報夢，而不是一般的日有所思。

這個夢是關於我的公公和仍然在世的婆婆，在夢境中，背景是我公公和婆婆以前住的房子，公公告訴我，他好想念婆婆，又哭訴婆婆失憶把他忘掉，不記得他已離世。

在現實生活中，婆婆沒有忘記過公公，但的確是有腦退化，我便問公公為什麼會回來找我們？不是已有靈位嗎？是不是靈位出了狀況？還是有其他問題呢？

但他沒回應，於是我向公公解釋，婆婆每天都有香火放在供奉你的位置，其實婆婆只是腦退化，忘記生活的點滴，從來都沒有忘記你。還會有時候提到你的時候仍會哭，但公公就說了一句，就是一定要記住我，不要忘掉我，我會回來探望你。然後便消失了，場景一下子，就變到婆婆家裡樓下，婆婆捉緊我的手，她說找不到公公，我跟她解釋，公公已經離開我們十三年已有靈位沒有不見了。而婆婆堅持說公公走了，仍經常陪伴她左右。今天是報夢消失了而找不到，於是我和婆婆去了公

公生前會去的地方，帶她去荃灣某一個禪院祭祀位置刺激一下她的記憶，我告訴她，公公已經離開了，之後場景又變了，回到我和公公，他說好想婆婆，適當時候便會帶她走。

omg！我聽到這一句，我好緊張，因為我不想婆婆太早走，婆婆現時七十六歲，我不停哭。請公公不要帶婆婆走，但他很快便煙消雲散，消失了，我便哭醒了。我的夢境就這個樣子，很強烈的感覺。這是一個報夢，因為每一次如果是日有所思夜有所夢的話，我是不知公公已走，但相反是報夢，我每次都好清楚聽到公公已經走了。我亦會問他為什麼會回來呢？這次都沒有例外，所以我非常相信這是一個報夢，好可能將會發生。所以我好疑惑想透過清明節就說一些先人夢境與大家分享。

意外車輛在大霧中消失

hello，Edmond，你們好嗎？

我在英國，好久之前，在十幾年前，當晚有一點點霧，在英國有霧是平常事，而我女兒是在餐廳裏 7 點到 11 點負責彈琴，而我就 10 點半去接她下班。當晚我提早了，便泊車在餐廳門口旁邊，餐廳很大，外面有個霓虹燈好光的。

英國的的士很差，明明有位置都不泊進去，常常停在馬路中心等客和下客，而對面來的車輛都要遷就他們或是等跟在他們後面的車離開。有個的士司機就泊在這裡，不知道是等客，還是怎樣？有輛車開得好快，bow 一聲就撞到這個的士司機，的士司機馬上下車，破口大鬧，撞到人的車滿地玻璃，我看到一個瘦削的人下車，他望望自己的車，而車頭蓋已經彎起來，滿地玻璃，他便上車，我以為他不想在馬路中心吵架，然後踏油門就向後，之後就飛走了。

而個的士司機當然大吵，我當時都在場看到撞到人輛車開來，雖然當晚很大霧，但都見到 3 至 4 車位的距離，明明看到車尾燈著了，但慢慢消失了。雖然大霧，但消失得未免太快，而輛的士報銷。這時侯，這個的士司機好害怕還有其他的士司機和其他人在場，他叫我做他的証人，然後我好快走了，滿地玻璃碎，我當然快點

離開，怎樣會做他的証人呢？我現時都好害怕。

之後，女兒問我發生什麼事？我說沒事 。快點走。我女兒問我是真嗎？我說不是就不會叫我做他証人，真的一輛車突然被報銷，還有望著他在霧中消失，肯定不關大霧而消失，但仍見到他的車尾燈，在前面的都看到，還見到他的車頭和頭尾都有霧燈。這時我當然馬上離開，其他的士司機都幫忙問，看到車牌嗎？沒有一個人看到，因為實在開得太快，這是第一個故事。

貼在我身體的巨大的黑影

你好，Edmond。聽到你說最近沒有靈異故事，我便分享一個吧！

我居住在上環文娛中心附近低層的單位，我的睡房和客廳外面有一個小平台，而平台下面是一個商舖，事件發生在睡房，床頭上面是一個窗口，我知道在風水上並不太好。所以我會經常關窗門同拉上窗簾，而剛剛提過床單窗外有個小平台，有時會有些叔叔在外吸煙和說些粗言穢語，其實都有點困擾，有時睡覺時候都會被吵醒。事情是這樣，有段日子，我睡眠質素很差，有一晚我睡著後，就被一些古怪聲吵醒。所以我留心聽了一陣子，原來是音樂的聲音很大聲，在我頭頂上吹起來，我聽出來不是站著吹，而是圍繞著我，當下我心想，時間不早，之後我望望電話已三點多，便覺得難以置信，到底是哪裡傳來的聲呢？這時侯我心感不安，我開始感覺到全身不能動，同時我眼睛余光看到頭頂方向，就是窗外小平台，有一個巨大的黑影籠罩著，然後我全身就不能動了，我眼光光望著黑影從我頭衝向腳的牆壁，之後就消失了，而黑影是很高，幾乎可觸碰到天花的牆壁 他的半身貼在我身體。

當時我很不舒服，我感覺好像在夢中，但意識很清楚，我還聽到我的男朋友在旁打鼻鼾，不知過了多久，我開始可以動起來，我便立刻一手捉緊我男朋友的手臂

我感覺不像一個夢，後來我發現這些古怪聲已停止了，我在想會不會是一些黑白無常在帶離世人還魂呢？

因為我有個朋友，他有一點靈異體質，而在他爸爸同爺爺回魂的時候，他告訴過我，在屋裏亦聽過這些古怪聲，而他向我形容的聲音真的環迴立體聲，但我聽過你很久節目好像沒聽過有先人回魂會聽到這些古怪聲，不知會不會有人可以回應一下呢？還有，想請問 Edmond 窗外有一個這樣的小平台，風水學上會有影響嗎？

亦有一個題外話，在大堂曾遇過 Ap 一次，他在問保安有沒有發生過靈異事件，這時侯，我感到又驚又喜，因為他是一個很努力的小伙子。加油 Ap！

書　　　　名	我只是一個講鬼古的人 2	
作　　　　者	潘紹聰	
制　　　　作	好大間有限公司 A Big Big Limited	
印　　　　刷	美雅印刷製本有限公司	
封 面 設 計	Keyla Ho、Rain Tam	
插　　　　畫	Keyla Ho	
文 字 校 對	Lucide Lu、Bo Chan、Joe Chan	
出　　　　版	好大間有限公司 A Big Big Limited	
地　　　　址	九龍觀塘觀塘道 398 號 Eastcore 9 樓 903 室	
電　　　　郵	cs@edmondpoon.com	
網　　　　址	www.edmondpoon.com	
香 港 總 經 銷	一代匯集	
出 版 日 期	2024 年 5 月	
圖 書 分 類	靈異故事	
國 際 書 號	978-988-70574-0-6	
定　　　　價	HK$108	

Printed and Published in Hong Kong